U0566192

# 三色猫探案
## 爱的花束

〔日〕**赤川次郎** 著

左汉卿 陶琪 译

人民文学出版社
PEOPLE'S LITERATURE PUBLISHING HOUSE

著作权合同登记号　　图字01-2022-0863

**图书在版编目(CIP)数据**

爱的花束/(日)赤川次郎著；左汉卿，陶琪译.
—北京：人民文学出版社，2023
(三色猫探案)
ISBN 978-7-02-018131-5

Ⅰ.①爱…　Ⅱ.①赤…　②左…　③陶…　Ⅲ.①短篇
小说—小说集—日本—现代　Ⅳ.①I313.45

中国版本图书馆CIP数据核字(2023)第132530号

责任编辑　卜艳冰　陶媛媛
装帧设计　钱　珺

出版发行　人民文学出版社
社　　址　北京市朝内大街166号
邮政编码　100705

印　　制　山东临沂新华印刷物流集团有限责任公司
经　　销　全国新华书店等

字　　数　126千字
开　　本　787毫米×1092毫米　1/32
印　　张　7.625
版　　次　2023年8月北京第1版
印　　次　2023年8月第1次印刷

书　　号　978-7-02-018131-5
定　　价　39.00元

如有印装质量问题，请与本社图书销售中心调换。电话：010-65233595

# 目 录

# 三色猫探案：一个温情的故事世界

自三色猫福尔摩斯首次与读者见面，迄今已经有三十六个年头了。三十六年，差不多是普通猫咪寿命的两倍。

把小猫设定为侦探，这一想法的诞生纯属偶然。拿到"全读物推理小说新人奖"的第二年，出版社向我约稿写一部长篇推理小说。我绞尽脑汁苦苦思索如何塑造新奇有趣的主人公，因为在"喜剧推理"的大框架中，侦探的形象写来写去好像只有那几种。

就在这时，家里养了十五年的三色猫走到了生命尽头。这只小猫早已成为家里不可或缺的一员，而且，这十几年是我家生活最为艰辛的一段时期，正是这只三色猫为我们带来了无限欢乐。

等我正式出道，家里的生活终于有所改善之时，三色猫就像完成了自己的任务一样，永远地离开了我们。为了报答小猫多年以来的陪伴，我决定让它在我的作品中复活。于是，在《推理》一书中，与我家小猫形态、毛色如出一辙的"猫侦探"从此登场。

不过，那时我并未打算写成系列。没想到此书一经出版好评如潮，结果我又写出了第二部、第三部……年复一年，不知不觉间，这个系列已迎来了第五十部作品。原本是我希望通过写小说向我家三色猫报恩，结果它又以几十倍的恩情回馈了我。

三色猫福尔摩斯、片山兄妹、石津刑警，这些角色不仅仅是我创作的角色，多年来，广大读者已把他们当作家人一般亲近与喜爱。因此，我会一直把这个系列写下去。

中国出版界很早之前就引进了这套作品中的若干部，不知道猫这种生物，在日本人和中国人心目中的形象是不是有很多共通之处呢？

无论如何，这个系列被翻译成中文并被广泛阅读，这对于作者来说，实在是无上的荣幸。

曾经有一名小学生读者看了"三色猫探案"系列后对我说："原来坏人也是有故事的啊。"在我的书里，猫侦探也好，片山刑警也好，他们都不是对罪犯一味穷追猛打的那种主人公。有些人是因生活所迫，不得已而犯下罪行的。对于他们，我书中的侦探们在彻查真相的同时，总是怀有同情心。

也许现实世界比小说残酷许多，但我衷心期待大家在阅读"三色猫探案"系列时能够暂时忘却现实，在这个充满温暖和人情味的世界中获得治愈和救赎。

猫侦探也是这样希望……的吧。

赤川次郎

二〇一四年四月

# 名骑手

## 1

那是一个天寒地坼的夜晚，仿佛只要弹弹手指便会发出"砰"的一声。

二月，即便日光照射的时间变得稍长了些，但仍是一年里最冷的月份。尤其到了半夜十二点，下班回家的上班族不管中途喝了多少酒，回到远在郊区的家中时，酒精也早已失去了暖身的效果。

话虽如此，但若不喝一杯，即使能提早一小时到家，也没什么能够让人觉得轻松快活的。与其这样，倒不如来上一杯自己爱喝的酒再说吧……

现年四十岁的村上升绝不是讨厌酒精的人，或许说他是个爱酒之人更合适，不管寒暑，他总要喝上一杯才回家。

这天晚上，村上照旧和同事在酒桌上抱怨上司的不是，然后心满意足地离开酒馆往家里赶。但很快，村上便不能再和这位同事一起抱怨上司了，换言之，身边的这位同事将在开春后晋升为上司。每每念及此，村上的心中就会五味杂陈。

正好赶上了末班车，可以在车里睡一会儿。一般而言，村上会在到站的前两站醒来，酒劲儿也能清醒一半。这一点着实精确得不可思议。

今晚却异乎寻常。醒来时，村上意识到自己已经完全酒醒了，不知是天气严寒的缘故，还是因为心里老想着同事晋升的消息……

有五名乘客在郊区的某一站下了车，差不多都是熟脸。当然，这并不意味着这五人是熟人，只是在大家一起从检票口出来的短暂瞬间偶然对视上，彼此的脸上都略微透着惺惺相惜般的苦笑。

车站的工作人员终于等来了末班车，他打了个哈欠，但嘴里仍例行公事地重复着"您辛苦了"这样的寒暄。

村上走出车站，立马打了个寒战，是一种虽然没有刮风却透骨的奇寒。

"可恶！"

今天为什么会这么冷呢……

刚想到这里，突然意识到脖子上的围巾不见了。太奇怪了！围巾会落在哪里？明明早上确实是戴着围巾出门的……村上实在记不起围巾究竟是放在了办公室还是落在了之前的酒馆里。

没办法了。村上无奈地咂了咂嘴，继续往前走。当然，这个时间点是没有公交车通行的。

剩下的路程大约需要步行二十分钟。出了车站，刚刚一起下电车的乘客便各走各路了。大约走出一百多米之后，路上就只剩下村上一人了。

眼前是一幅奇妙的光景。在那片由运营电车的私营铁路公司开发的住宅区，马路铺修得宽阔而气派，道路的两侧是由约五十坪①一户的人家组成的小区，然而实际上已建住宅的区域面积不到十分之一。

不是卖不出去，而是不打算出售。

他们是打算一点点、一点点地出售，等着地皮升值。

村上的房子位于第一期出售的区域之一。据当时的说法，这个地区两三年内应该一排排地建起了房子。然而三年过去了，这片地方还是只有这些人家。

道路两旁倒是装上了路灯，而且算不上昏暗，但即便是作为大男人的村上，深夜独自走在这条道上也不免感到有些令人犹疑的寂静。

———————————

① 源于日本传统计量系统尺贯法的面积单位。1坪约为3.3057平方米。

总之，快些到家，泡个热水澡吧。

村上这么想着，瑟缩着脑袋，快步往家赶。

路上要爬一道缓坡，好似翻越一座小山丘，之后是一道下坡。从坡顶可以看到村上家亮着的灯光。村上稍微加快了上坡的速度。

嘚、嘚、嘚……

缓坡的对面渐渐传来一阵似硬物击打路面的响声。是什么声音呢？

仿佛是……对，是马蹄声。

"怎么可能！"村上咕哝了一句，随后对自己的想法感到可笑。

这种地方不可能出现马匹。但若不是，刚才的响声究竟是什么呢？

嘚——嘚——嘚……

声音越来越近……等村上意识过来时，只见斜坡上出现了一匹马。那匹马停下脚步，俯视着村上这边。

村上也随即停下了脚步。

这是怎么回事？幻觉吗？

我开始出现幻觉了吗？

在这种地方，况且是夜里，一匹没有人骑的马为什么会跑到这里呢？

　　不管怎么摇头清醒，眼睛闭上再睁开，眼前的马依旧还在，并没有化身成流浪犬或美女的模样。

　　那匹马"哈——哈——"地呼着白气，开始朝村上的方向走下坡来。村上下意识地往路的一边避了避，给它让出了道。马却无视村上，一路跑下了坡，"嘚——嘚……"的马蹄声响彻寂静的黑夜。

　　村上呆若木鸡地站在路旁，目送着马离开——他一时间竟连寒冷都忘记了……


　　此刻仿佛是要下雪的样子，灰色的云层低垂，天空一片昏暗。而时间才是下午一点钟。

　　片山义太郎叹了口气，从嘴里、鼻孔里喷出来的团团热气如白烟般飘浮在空中，可以看出天气越发寒冷了。

　　虽说穿了大衣，围巾也系上了，但单靠这些装备，无论如何抵御不住北风带来的刺骨寒意。

　　这样的天气站在外面，实在不是一件轻松的事。但是作为警视厅搜查一科的刑警，必须经得起这般"考验"。

　　本来片山早就提交了辞呈，却被栗原科长一直无视。

　　"快要结束了吧……"片山自言自语。

不过，今天这种阴沉的天气倒是很适合葬礼的氛围，尤其是这种某人被杀害却完全找不到任何线索的凶杀案……

如今，片山站在村上家门前自然是搜查的一个环节——话虽如此，但也只是来盯梢，看看是否有可疑人物来葬礼现场，是一种不抱任何希望的"搜查"而已。

当然，葬礼通常是和逝者有关系且较为重要的人参加，即使其中有杀人犯也不足为奇。只是从犯人的角度来看，首先，很少有人会在现场举止异常；其次，因受不了良心的谴责而在遗像前坦白罪行的情况几乎不会发生。

假如事情那么简单，就不会像现在这般辛苦了。退一万步来说，也许真的有人会表现出可疑言行？片山押上这万分之一的可能性，已经在外面站了约莫两个钟头。

话说回来……那位遗孀真是可怜啊！

她还很年轻，才三十七岁。被杀害的村上升今年四十岁，有一个十岁的女儿。村上是普普通通的上班族。

案发五天，警方却依然没有任何线索。片山虽然觉得能进入告别仪式的现场当然不错，但由于心虚，他并不敢和村上的遗孀碰面寒暄。

马上就要出殡了吧？到时候大家都会往外走。

目前到场的基本上是村上的同事、亲戚和朋友，现场并没有可疑之人。实在是极为普通的上班族的葬礼，更不可能出现某个黑道帮派拿着机关枪来扫射的情况……

突然，片山感觉到后背被什么东西用力抵着。

"不许动！这是枪哦，把手举起来！"身后传来了低声恐吓。片山大惊失色，慌忙举起双手："好，好的！"

只听身后传来了"扑哧"的笑声和一声猫叫。

"喵——"

咦？片山忽地转过身来。"晴美！你……"他瞪着眼前这位又可爱又可恨的妹妹，"你吓死我了！"

"好歹是刑警，竟然如此窝囊。你说是吧，福尔摩斯？"

晴美身着黑色套装，对着脚边的三色猫问道。

"你怎么能这么说我……"片山忍住了继续发牢骚的情绪，问道，"说起来，你怎么会来这里？"

"我来吊唁呀。"晴美回答得理所当然，"你觉得我会这身打扮在外面跑销售吗？"

"那你……和这个叫村上的男人……"

"这个人的公司和我们公司有生意往来。村上先生是这笔生意的负责人，经常奔走于我们两家公司之间。我的上司让我作为公司代表来参加这场葬礼。因为天气实在太冷，上了年纪的人一般都不愿意出门。"

"是这样啊，那么你也认识他？"

"村上先生吗？当然认识。虽说在工作以外的场合没有交流过，但他确实相当认真、负责，是个很能干的人。"

"是吗？但是你之前一点儿没提过这回事呢。"

"我根本没想到会是那个村上先生呀！"

"为什么福尔摩斯也跟来了？"

"我回公寓换了这身衣服，福尔摩斯可能觉得平时运动不足，想跟过来。"

"真是这样吗？难道它不觉得家里的被炉更舒服吗？"

"虽然确实如此……别生气哦，福尔摩斯，"晴美抱起了福尔摩斯，接着问道，"照哥哥所言，也就是说被殴打致死的就是村上先生吧？目前掌握了什么线索吗？"

片山耸了耸肩回答说："但凡有一丝线索，我也不会傻站在这么冷的地方啊。"

"嗯……但你这么站在外面，肯定查不到任何线索。你必须厚着脸皮混进人群，以死者家属的姿态淡定地跪坐在现场。你得有这种胆量才行。"

"我的脸皮可没有你那么厚。"

"作为刑警，脸皮薄可不是值得骄傲的事。反正我是来吊唁的，哥哥也一起去上炷香吧。"

"这……"

"好啦，就这么说定了！福尔摩斯，哥哥要是不愿意，你就上去给他一爪子。"

"别！好了好了，我照做行了吧。"

如往常一般，片山被妹妹胁迫着，满脸不情愿地进门到村上家里去。

与案发后片山问话那天比起来，今天的遗孀村上佳子仿佛憔悴成了另一个人，但作为一名丈夫被杀害的妻子，倒也情有可原。初次问话那天，可能是案件发生得过于突然，村上佳子还没办法接受丈夫被杀的事实，所以神情略显呆滞，但还算比较坚强。如今案件过去了五天，丈夫去世的真实感越来越沉重，再加上准备葬礼的操劳，让她越发地憔悴。

片山一边上香一边向遗孀承诺道："我们警方一定竭尽全力捉拿杀害您丈夫的罪犯！"

即便听到了片山的寒暄，村上佳子也好一阵子没弄明白对方在说什么，依旧心不在焉。

"啊……您是那位刑警先生，劳烦您特意赶来，实在不胜惶恐。"

从还礼的语调能够听出，她依旧处于精神恍惚的状态。

"我是他的妹妹，片山晴美。"晴美一下子就把片山推到了一边，径自作起了自我介绍：

"我在公司因工作的缘故和您丈夫打过交道，跟他很熟络。"

"啊，是吗？"虽然只有一点点，但能够看得出村上佳子的眼神明明白白地聚焦到了一点，"那……您就是那位送还我丈夫围巾的人吗？"她凝视着晴美问道。

晴美突然被这么一问，有些不明所以。

"不是我。有人送还您丈夫围巾了？"晴美反问道。

"不是。是我说了些失礼的话，非常抱歉。"

晴美和片山迅速对视了一眼。刚才佳子的语气里明显含有嫉妒之情——村上在外面可能有情人。

"啊，小猫咪！"

说话的是佳子的女儿宏子。她的脚似乎麻木了，伸着腿斜坐在佳子身旁，看到了从晴美身后探出脑袋的福尔摩斯。

与母亲表现出来的胆怯不同，女儿看上去是个性情刚毅的人。作为十岁的孩子，应该能够明白父亲已经去世的事实吧？她紧紧咬住嘴唇，以严肃的目光盯着来来往往的大人。

福尔摩斯"喵"地叫了一声。宏子忽然笑起来，然后喊了一声："妈妈！"

"嗯？什么事？"

佳子回过神来，看向女儿。

"那只小猫也说了呢。"

"说什么?"

"它说,如果你不告诉大家实话,就没办法抓住杀害爸爸的凶手。"

听到女儿的话,佳子惊慌失措起来,同时责备女儿:"你说什么呢?不可以哦,在这种场合说出如此奇怪的话!"

"还不是因为我之前听到妈妈说'杀害爸爸的,一定是那个女人'。"

"这……"佳子欲言又止。

"夫人!"晴美开口劝说道,"您如果知道些什么,请一定告知我哥哥,他一定不会让您后悔的。"

佳子深吸了一口气后,说道:"我明白。都是些莫名其妙的奇谈怪论……至于和我丈夫这件事有没有关联,我根本不知道。"

"我很擅长听奇谈怪论哦!"晴美满眼闪烁着光芒。

"当下还有客人在场,能否等客人们离开后再说……"

"可以。"一旁始终沉默的片山终于开口了。

迄今为止,尽是晴美在和家属沟通。这样下去的话,不知道谁才是警察了。

"但是最近这段日子,我丈夫有点儿神经过敏……"

"好的，我会记住这一点。"

"是真的……就在前几天，他竟然说，回家的时候在路上遇到了一匹马……"

"您刚才说遇到了什么？"晴美禁不住确认了一遍。

"遇到了马，就是那种动物……"

"马？在这附近？"

"我也认为这件事简直无法想象，但我的丈夫坚持说，确实遇到了马……"

"啊呀……"

有人叫了一声，片山回过头看。

是上完香一直跪坐着的客人似乎着急出去，不小心撞到了什么人。

"对不起，刚才腿麻了……"男人说了个理由，鞠躬道歉后出了门。

"刚才那个人是谁？"片山问佳子。

"那个男人吗？没记错的话，是我丈夫学生时代的朋友，但我不知道他的名字。"

"这样啊……"

正当片山觉得哪里不对劲的时候，福尔摩斯不知从什么地方冒了出来，抬头看着片山。

怎么样？片山用眼神向福尔摩斯询问。

福尔摩斯眨眨眼，似在回答"是一条不错的线索"——它只能两只眼睛一起眨。

好吧，我出去看看。

片山总觉得刚才的男人是听到佳子说的话——"遇到了马"——才吃了一惊，想起身离去。

片山让晴美留下，自己和福尔摩斯走了出去。

因为上香结束后很快是出殡环节，所以刚才腿麻的那位客人及其他宾客必须冒着严寒到室外去。

片山四处看了看，不远处有三个男人聚在一起谈论着什么，其中就有刚才出来的男人。

看来三人年纪相仿，都是四十岁左右，有的看着年轻一点儿，有的显老一些，但应该都是村上的老同学。

片山若无其事地表现出一副受不了长时间静站的模样，朝三人所在的方向走去。

"说什么傻话呢！"其中一人怒形于色，"根本……根本不可能有那样的怪事！"

"我也觉得不可能，只是大家好像都是这么传的。"刚才出来的男人打圆场。

"这可真是有趣！"另外一人笑着说，"是马幽灵吗？

不知道长没长腿呢……若那匹马没有腿，就不可能有铁蹄吧？"听着是个善于冷嘲热讽的老江湖，这种人最看不上对任何事情一听就信以为真的人，认为他们很愚蠢。

这类人即便面对死亡也既不会感到愤怒也不会感到悲伤，只会歪歪嘴、笑一笑说："人生不就是这么回事嘛！"

片山对这类人实在没有什么好感。

但这般站着听墙根也不是办法，于是片山慢慢地转过身去，打算悄悄离开……

"那个……"一名女子叫住了他。

"是在跟我说话吗？"

"真是不好意思……"是一位看上去约二十五六岁、皮肤白皙的女性，"您是来参加村上先生的葬礼吗？"

"是啊……"女子外面套着大衣，看不清楚大衣里面的具体装束，但可以肯定的是，大衣里面并不是葬礼场合应该穿着的黑色套装。

"请问……能麻烦您一件事吗？"女子从大衣口袋里掏出一团东西请求道，"您能帮我将这东西转交给村上先生的夫人吗？"

"倒也可以，不过您……"

"您只要把东西交给她就行了。"

不等片山答应，女子不由分说地把东西塞到片山手中，匆匆说了句"拜托您了"，之后小跑着消失在了片山的视线之外。

"这是怎么回事？"

片山一时间没反应过来，只是杵在原地目送女子离开。这是……什么？感觉很轻，还软乎乎的。

片山展开这团东西瞧了瞧——是一条围巾，男士用的。

**2**

"那么，我先下班了！"

也不知道是否有人听到了这声道别。

不管了，反正说这句话的主人只是习惯性地喊了一嗓子。

井川久司耷拉着肩膀，按下下楼键，神情疲惫地等着电梯。

"喂，井川！"同事走过来，"有你的电话，怎么处理？"

"你就回复说我已经下班了——是谁打来的？"

"不知道，是个女人的声音哦，但听着不像是你家夫人。"

"还真是完全没头绪。"井川苦笑一声，"算了，还是我去接吧。"

说着回到了工位上。

"您好，我是井川。"井川接过电话，向电话那头打了声招呼，"喂，您是……"

电话那头始终没有回应，但也没挂断。感觉确实有人在电话那头，只是不说话。

"究竟在搞什么嘛……"

井川气愤地抱怨着，挂断了电话。

"喂，发生什么事了？"尾田从办公桌前抬起头问道，是刚才传达电话的同事。

"电话那头一句话也不说——你刚才说是个女人的声音？"

"嗯。真奇怪，听声音是个年轻姑娘！"尾田打趣道，"会不会是某个为你哭泣的多情女子呢？"

"我可不是上流社会的花花公子，"井川苦笑着说，"我回去了。"

"辛苦啦！"

辛苦吗？是的。

井川乘电梯下到一楼。

尾田今年三十六岁，虽然和四十岁的井川只差四岁，但疲惫感和对紧迫工作的应对方式完全不同。

尤其井川他们的工作是接收国外的电传。电传二十四小时都在收发，因此二十四小时都需要工作人员像守护者似的值守。事实上，这个部门在公司里就被称为"守护者部门"。

当然，这是分三班倒的二十四小时轮班制工作，虽然也有普通的白班，但井川是深夜至凌晨四点，最辛苦的夜班。

这使得井川的生活与家人的生活昼夜颠倒，身子骨也因长期熬夜而大不如前。

然而这是井川自行申请的工作时间，因此私下抱怨两句也就算了，并没有辞职的打算，因为这个工作时段的额外补贴是最高的。

孩子报考私立中学、起房盖屋、送父母住院……这些都是要花钱的。凡此种种，使得井川不得不更加拼命挣钱。

二月的凌晨四点。刚踏出公司大楼，井川就被一股寒潮冻得牙齿直打颤。

今晚好像格外阴冷。

"可恶！"井川低声嘟囔着。

往常，公司会为凌晨四点下班的员工提供小型公交车，今天因公交公司出了一些状况而停运了。借此之宜，其他同事今天都申请了休假。

尾田因为正好衔接着另外的工作，就留在了公司。

说到底……今天该怎么回去呢？

打出租车吗？但办公街这一带，凌晨四点打不到车吧？

车站附近倒是有一家二十四小时营业的咖啡馆，可以边喝咖啡边等待首班车……

步行过去约十五分钟，路程虽不算远，但天寒地冻的，实在是一种折磨。

光是想一想都觉得为难，但井川还是加快了脚步，像被呼啸的北风推着似的，朝车站方向走去。

四周是林立的办公大楼，大楼的这个角落里今天全无人影。

马路上空无一人，只有两侧的路灯发出一些微弱的亮光。此刻，冷落幽暗的街道寂静无声，空气中透着一股阴森气氛，竟比荒郊野岭更瘆人。

井川觉得好像会有什么人在自己走着的时候突然从大楼的某个角落钻出来。

他想起了村上——死法诡异的村上……

听说凶手至今未被抓捕归案。

也是在这种下班后独自回家的路上，当时是深夜十二点或者一点多吧，应该是比现在早得多的时段——村上被殴打致死，钱包等财物仍在，警方猜测可能是仇杀。以上这些信息都是刑警向井川做笔录时透露的。

刑警只去了井川家一次，当时例行公事地问了句："在你的印象里，村上有什么仇人吗？"

井川摇摇头回答说："大学毕业后，我和村上便不大来往了。"

刑警听毕，并不追问什么就很快离开了。但刑警泄露出的消息一直在井川的脑海萦绕。

那个略微溜肩的刑警看上去似乎不大专业。

"这件案子总觉得透着古怪。"那个刑警一边收起警官证一边说道，"死因颇为……"

"不是被殴打致死的吗？"井川问道。

"不好说，虽然鉴定结果是这样，但一般说到殴打致死，通常情况是被人用重物从上方击中头部。"

"难道村上不是吗？"

"不是，是被袭击了腹部和胸部，而且是从下方强力击打致死。"

"从下方？"

"嗯，从下方。"刑警点了点头给予肯定，"对了，那种情形就像是被马踢死的。"

听到这里，井川震惊地倒吸了一口凉气，也不知道刑警察觉到自己的异样没有。

不会的，应该没被觉察，毕竟他不是那种很机警的刑警。

刑警是否也去找了神山和加濑，对他们进行了问话？

井川本想打个电话问问，后来又有些迟疑，直到今天，电话也没拨出去。

村上的葬礼当天，神山将村上遗孀所说的话跑来告知井川和加濑时，二人并未当回事。或者说，心里多多少少有些犯嘀咕，但并没有溢于言表。

尤其是加濑这个人，虚荣心很强。常言道，"江山易改，本性难移"，加濑在学生时期就是这种人。

井川当时和村上、神山走得比较近。如今加濑……

井川结束了对大学时代的回忆，被拉回了现实。

在这条清冷无人的街道上，井川走了约五分钟。一路上光想着村上的事，竟不觉得冷了。

这是……什么声音？

嗒——嗒——嗒……

似敲击硬物的声音。到底是什么声音？

就像是……对，听着就像是马蹄声。

算了吧，好蠢的想法！这种办公楼林立的街道上怎么可能有马！

大概是天气过于寒冷，有什么东西被冻得发出响声吧。

北风呼啸得更加猛烈，井川像是被这股疾风推着，不由得加快了步伐……

十米开外的一个拐角处赫然站立着一匹马。井川停住了脚步，不可置信地望着眼前的马。

一定是我太累了。这肯定是幻觉！

然而那匹马却径直朝井川这边跑来，"嗒——嗒……"的马蹄声在周围的大楼间回响，将井川包裹其中。

马吐着白色的气息，突然加速，四蹄生风般地朝他奔来。

"停下……"井川动弹不得，"快走开！我……我……"

怎么会发生这种事——如此荒诞的事！

井川终于意识到眼前的一切既非幻觉也不是梦。正当他试图逃跑之际，那匹马已经逼近，从上方传来的压迫感越来越清晰，井川渐渐被笼罩在马的身影之内……


"下次还请多多关照！"

那位女士郑重地向负责前台接待的晴美低头致礼，朝电梯厅走去。

"不好意思，得麻烦你帮我盯一会儿前台。"晴美和里面的同事打了声招呼，"我半小时后就回来！"

说罢，她急忙走出了自己的工作单位——新都心文教中心。

这是当下非常流行的文化学校。作为行业巨头的新都心文教中心坐落在这座超高层大厦内，拥有多间教学用的教室。

由于现在是前台的休息时间，即使晴美离开半小时也没什么大碍。

晴美赶到电梯厅时，刚才离开的那名女子正好踏进电梯。晴美目送客人离开后就在一旁等待着，观察电梯在几楼停下。

这位女士是负责外联的业务员。按理说，她来这家文教中心办完事情，在这栋大楼里应该没有别的事务了……

"果然如此！"晴美点了点头，自言自语道。

电梯停在了比这一层更高的楼层。

晴美也随之跟上，来到该楼层的一间咖啡厅，这是一处可以俯瞰周围大楼和街道景色的绝佳场所。

平常的午饭时间，咖啡厅会提供三明治和意大利面，所以店里的顾客很多。但现在并不是午饭时间，因此店里只有寥寥几位客人。

"哎呀，您好啊！"

晴美是这里的常客了，服务员一看见晴美便热情地打起了招呼。

"你好！今天天气真不错啊！不过外面好像很冷……"

"是啊，在这里却一点儿感受不到呢！今天的风好像刮得很猛！"

晴美看到自己跟踪的那名女子独自坐在靠窗的位置，盯着窗外愣神。

甚至连晴美在自己的正对面坐下都没有察觉。

"啊……"女子最终注意到晴美，随即换上了职业表情，"是中心前台的……"

"是的，我叫片山晴美。您是新井小姐吧？"

"我叫新井和代。请问……是我工作上出了什么差错吗？我来营业部的时间还不长……"

"不，不是的，"晴美笑着摇了摇头说，"是我有些话想跟你谈谈。"

"诶？"

"之前负责来中心跑业务的村上先生，你认识吧？"

"认识……"

"关于那条你亲手为村上先生编织的围巾，我想了解一下……啊，请给我来一杯可可，别太甜哦。"

向服务员点完单，晴美收回了视线，只见新井和代神情僵硬，不敢抬眼。

"你不要误会呀！"晴美语气轻松地解释道，"我可没打算把这种事情捅到你们公司去。"

"村上先生是我的上司……"新井和代语气生硬地说道，"入职以来，村上先生不厌其烦地教会我许多事，他是一位待人非常亲切的领导。但我和村上先生的关系仅此而已。"

"那么，围巾是怎么一回事？"

"我不明白您在说什么。"

"真的吗？那么为什么你每次来我们这儿办完事之后总到这家店来，坐着发会儿呆再回去呢？难道不是在回忆村上先生吗？"

"并不是……只是在跑业务的时候想来这里喘口气。这里最能让人平静……"

"是吗？"

"是的……如果您没有其他事情，我就先……"

"啊，在这里呢，哥哥！"晴美挥手示意，片山行色匆匆地走过来。

"真冷啊！差点儿被这一带的风吹飞起来！"片山说着脱掉外套坐下来，看清坐在对面的新井和代的脸，不禁说道，"哎呀……是你啊！村上先生的葬礼上，就是你让我转交围巾的吧？"

新井和代大吃一惊，接着深深地叹了一口气……

"我和村上先生……交往了近一年……"新井和代沉默

片刻，接着说道，"但是，不管你们是否相信，我和村上先生没有发生那种关系。我们一起吃饭，一起畅聊几个小时，仅此而已。两个人寂寞的时候，可以互相敞开心扉说说话便足够了。"

晴美点头肯定。

"我当然相信！哥哥……你呢？"

"嗯，我也……可是村上先生的夫人觉得他有婚外情。"

"村上先生平常似乎不大和他夫人交流。"和代说道，"偶尔星期天，家里只剩他和夫人独处时，由于没什么话题可聊，气氛总是很尴尬。"

"这种关系的夫妇还真不少见。"晴美像是深有同感，"这都怪丈夫们做得不够好！要说现在的这些男人啊……"

"别把话题扯远了！"片山赶忙打断晴美一贯擅长的男性论，"村上先生被害已经半月有余，但仍然没有查到关于凶手的任何线索。你没从村上先生那里听到过什么吗？"

和代露出困惑的表情。

"请问，我是被怀疑为杀人凶手了吗？"她反问道。

"为什么这么问？"

"那些蹊跷的来电……"和代欲言又止。

"什么来电？"

"大概是这一周内发生的。因为我在公寓里是一个人住，所以不会将电话号码告诉不相干的人……但是竟然有三次，夜里有电话打过来。"

"恐吓电话？"

"是男人的声音……我不知道是谁。声音刻意压低，让人听着不舒服。他在电话里说'不准把村上的事情说出去'，还有'你会被逮捕的'之类……"

"怎么会这样？我不认为你是凶手。"片山说道，"除非你拥有那种神奇的力量。"

"神奇力量？"

"村上先生因一种惊人的力量而飞起三四米远。以我们人类的力量很难做到。"

"那……会是什么？"

"我怀疑是被马踢的。"

"马？"

"对。你听村上先生说起过什么吗？比如说他遇到过马之类的。"

"没有……"和代似乎有点儿走神。

"是吗？我还以为你能提供些线索呢！"片山叹了口气说，"还有这个……你已经看过了吗？"

片山从口袋里掏出折叠起来的报纸放在和代面前。这是刚发生的新闻：《男性上班族横死于清晨的丸之内》。标题简单明了。

"看过了，从家里出来之前，好像在昨天的晚报上看到了这则新闻……有什么问题吗？"

"你知道死因吗？"

"不知道。"

"被马踩踏致死。"

晴美第一次听片山说起这件事。

"在办公街当街行凶？"晴美瞪大了眼睛问道。

"嗯。听起来荒谬，尸检结果显示确实如此。更加巧合的是，那名叫井川的男性遇害者和村上先生是大学好友。"

和代注视着眼前的新闻报道，神情似乎有些恍惚……

"啊……请等一下！"和代忽然仰起了脸，"我想起来了，村上先生的确跟我提起过马。"

片山和晴美面面相觑。

"他说的是前段时间在他家附近看到马……"

片山还没说完，和代就摇头否认。

"不是。他跟我讲的是很久以前的事。"

"具体是怎么回事？"

"大概是我刚开始和村上先生交往时说的，时间久了都快忘记了。"

"具体说了些什么？"

"很久远的事了，当时村上先生还在读大学……刚才无意中听二位谈及逝者是他的大学同学，才想起来。"和代好像没什么把握，"我可能记得不太清楚了……很久以前的事，跟现在的案子能有什么关系吗？"

"在大楼林立的商业街被马弄死的事情居然都有可能发生，还有什么事情是不敢相信的呢……"

片山说道。

## 3

电话铃声响了近一分钟。

终于有人接起电话。

"喂，荞麦店。"是一声简慢的回答。

"喂！是我，我是神山啊！先不要挂断！"神山言辞急切。

"什么嘛，是你啊！"接电话的人似乎舒了口气，"我还奇怪是谁在这个时间打电话呢。"

"白天我打了很多次，但你总不在家，接电话的女孩子又一直说联系不上你……"

神山抱怨一番后，冷不丁地打了个冷战。

他站在车站前的公共电话亭里——即使是在亭子里，比起市区，由于这个车站位于郊区，气温至少得低上三度。

电话亭冷得像个冰箱，好在有一点：防风。

"那还真抱歉！"加濑似乎愉快地笑道，"最近这一阵子，我决定不怎么接电话了……"

"发生了什么事？"

"没有，并非什么大事。"加濑以一贯漫不经心的语气回答，"只是最近公司出了点儿小问题罢了。以前欠了不少债，最近一直被追债。这会儿我正好刚回到办公室。"

加濑大学毕业后就职于一家商社，但他的性格并不适合朝九晚五的工作，几年后辞了职，成立了一家演艺公司。然而也只是个挂名公司，光是"破产"的消息，神山都已经听过五六回了。

即便如此，每每与加濑相遇，他总是衣着光鲜，仪表堂堂，生活做派很是奢侈。作为一名普通的上班族，半年前总算升任股长的神山感觉自己与加濑完全是两个世界里的人。

"你还是老样子啊！"神山苦笑道，"这么说来，井川死亡的消息你也不知道吧？"

"井川？不是村上吗？"

"是井川，昨天的晚报刊登出来了。"

听神山说完，加濑言语间有些惊慌失措。

"嗯……哎，这种事情总是扎堆儿发生，没必要太在意。"他依旧说得轻飘飘的。

"井川也是全身被强力殴打致死的呀！你不觉得和村上死亡的情形非常相似吗？"

"嗯……但人死不能复生。况且死亡原因什么的，现在也不确定吧？"

"你还记得吗？当时我听到村上夫人说的那些话……"

"是关于马的怪异传闻吗？那种话你也当真？"说着，加濑笑起来。

"我确实很在意。不会是……安井那家伙……"

"打住！喂，我要挂电话了。如果讨债的那帮家伙现在打电话过来就难办了。"

"别挂！加濑……"

"要是他们打电话过来显示我的电话占线，那我不就暴露了嘛。先挂啦！"

"喂！你等等！"

"别疑神疑鬼，会脱发哦！"不等神山回复，加濑一句"再见"就挂断了电话。

"可恶！"神山放下听筒，轻轻拍了拍自己那已经有些秃的额头。

和加濑这种不靠谱的家伙商量果然没什么用，可是……

神山走出了电话亭。阵阵狂风拍打在脸上，如刺骨的冰刀，睫毛甚至快要结上一层冰。

神山艰难地迈开脚步。

还来得及赶上末班车，只是从这里到站台要走上一千米，而且全程都是寂静无人的大马路。

再这么慢吞吞地走下去，恐怕赶不上末班车了。于是神山提起精神，加快了步伐。

蓦然——前面好像能看见隐隐约约的光亮。

那是一家早就关门的加油站，但加油站的那堵白墙上似乎有个影子在晃动。

有个人在那边吧……神山的心脏狂跳不已。他其实是个胆小的男人。

不会吧……这种地方不会还有强盗打劫吧……

况且自己身上没带多少钱。

"有什么可怕的！又不是三岁小孩！"

我是四十岁的大人!

即便这么想着,给自己壮胆,神山还是无法停下膝盖的颤抖。

就在这时候……有个声音传来。是马蹄声。

嗒——嗒——嗒……

"怎么会……"神山停下了脚步。

白墙上的影子一点点放大。是一个巨大的动物的影子。

"啊!"

神山尖叫一声,当场跌倒在地。

这是因为他已经害怕得腰腿瘫软了。

"救……救……救命……"他想呼救,却怎么也发不出声音。突然,那个"影子"高声咆哮起来。

"喵——"

片山从墙后走出来。

"什么嘛,没出息!"面对此情此景,片山只能苦笑,"喂,石津,可以了!"

"好的!"

石津手持一盏沉甸甸的大灯站起身来。

福尔摩斯踏着小碎步走了过来。

"哎呀呀……"石津边捶腰边抱怨,"腰真疼啊,刚刚我可是一直弓着身子呢。"

灯从下方照着福尔摩斯，在白墙上投射出巨大的影子。

神山一言不发地盯着片山他们，目瞪口呆。

"你是神山先生吧！"片山给他看了看警官证，"有些问题想向您询问。"

"那是……一个叫安井的男人。"

神山开口说出了一个名字。

虽然因过度受惊而脸色苍白，但总算安下心来。

"请问……是真的吗，村上和井川真的是死于马蹄之下吗？"神山战战兢兢地问道。

片山点了点头说："可能性很大，不是吓唬你！"

"我明白。"神山满脸沮丧地回答道。

在户外当然是没法谈事情的。

附近有家咖啡馆，虽然快打烊了，片山一行还是强行进入了店内。

不顾女服务员嫌弃的眼神，石津还为自己点了一份超大号热狗。

福尔摩斯也一样，大概是考虑到这种天寒地冻的天气下"出差"，多少需要点儿犒劳，也领了一份加热后倒在盘子里的牛奶舔舐着。

"所以呢？"片山喝了一口热腾腾的咖啡问道，"那个叫安井的男人是怎么回事？"

"安井在大学时代很受欢迎。"神山回忆道，"他模样帅气，头脑又聪明，理所当然能够获得女生的追崇……我和伙伴们——村上、井川、加濑和我——在我们这些狐朋狗友看来，安井这样的家伙实在令人讨厌。"

片山点了点头。

确实，每所大学都有这种什么都干得好的"全能人才"。

"安井还是马术部的希望之星。"神山继续交代，"他家是名门望族，所骑的马自然也是马中良品，障碍赛成绩在大学里是数一数二的。"

"所以你们这群人做了什么？"片山问道，"看来对安井和马都没做什么好事吧！"

"本……本来没打算那么干的呀！"神山擦着额头上的汗说道。

天气如此严寒，他竟离奇地冒了汗。

"当时有一场竞技赛，校际比赛……安井是种子选手。学生之间也开起了赌局。"

"是你们提议的吧？"

"是加濑，"神山说，"想出这种主意的通常是加濑。"

"真的？"

"千真万确！那个……加濑自己怎么说我不知道，他向来是个油嘴滑舌的家伙，只是……"

"只是已经没办法向村上先生和井川先生求证了。"

"确实如此。"神山说完，失落地垂下双肩。

"那么，在那场赌局里，你们押的是哪一方？"

"我们赌'安井输'。"神山说，"加濑保证说听他的准没错，我们才押安井输……看过正式比赛前的预赛之后，我们开始慌了——安井在预赛中取得了压倒性的胜利。当大家逼问加濑该怎么办的时候，加濑不怀好意地笑道：'我这里有一剂好药哦……'"

"药？"

"也就是说，在比赛前一天，把药注射进马的身体。"

"太过分了！"石津罕见地表现出了怒意，"你们没有爱护动物之心吗？"

"对……对不起！"神山不由自主地缩了缩身子致歉，"但是……加濑保证过不会出事，他说只是降低马的一部分体能而已……"

"然后呢？"

"比赛前一晚，加濑蹑手蹑脚地溜进马棚，对马进行了注射。之后……第二天的比赛正式开始。一直到比赛过半，安井的马都以令人吃惊的步速奔跑着，正当向着最高障碍点猛冲过去的时候……撞击惨烈！"

"喵——"

福尔摩斯高叫了一声，仿佛在向动物同伴表达哀悼之意。

"那么，安井的情况如何？"

"死了……"神山压低声音说道，"人和马都……啊，也不是，其实是安井摔下马之后失去了意识，送进医院后一直昏迷不醒……听说他过世，已是距离事发大约半年之后。"

"这是谋杀呀！你明白吗？"

"是……"神山低下了头。

"当然，这件事情已经过去近二十年了，虽然现在已经没办法对你们审判、定罪，但是你们这种行为太卑劣了。"

"真的是，万分抱歉……"

神山交代的上述往事，片山已经从新井和代那里听说了。当然，村上并没有对和代事无巨细地讲述，但大致情况便是如此。

"那你们当时的'赌注'后来怎么处理了？"

"赌注嘛……啊，您指的是用来押注安井输掉比赛的投注额？”

“不要装糊涂，你们应该赌赢了吧？”

“是，虽说如此……”神山点了点头，“但是我们没想到结果会变成那样。出于愧疚，我们打算一笔勾销，并没有拿那些下注赢得的钱，只要回了当初下注的投注额。”

“确实如此？”片山叮问了一句。

“确实如此。我真的没撒谎。”

“那可就奇怪了，”片山不解地摇摇头，“村上先生好像也说过类似的话。”

“那有什么奇怪的？”

“实际上，我从村上夫人那里听她提了这件事，就去调查了一番。当时很多学生参与了赌局，而且据说即便发生了那起事故，也没能取消赌局，拿回赌资。”

听了片山的话，神山瞪大了眼睛，惊讶地说道：“怎么会有那种事！”

“事实就是如此。我们找到了对当年那件事还有记忆的几个参与者，他们都承认自己的钱被卷走了。”

“可是……”

“据当时的传言，赌安井输的这一方至少赢得了五六百万。”

"五六百万？"

"或许更多。将近二十年前的五六百万，在当时是一笔巨资了。"

神山瞬间涨红了脸。

"是加濑这家伙干的！"神山恶狠狠地说，"那家伙！安井死的时候他还假装好人，哭得一把鼻涕一把泪……肯定是那家伙独吞了这笔钱！"

"话虽如此，你没什么资格指责加濑吧？"片山冷冷地开口道。

"喵——"

福尔摩斯赞成似的叫了一声。

"那么，该我们行动了！"片山催促着石津，站起身来。

"刑警先生！"神山探身叫住了片山，"话说回来，这件事和村上、井川被害有什么关联吗？毕竟安井和他的爱马当时都死了……"

"这我就不太清楚了。"片山耸耸肩说，"若您哪天也遇害了，请相信我们一定会查出凶手，届时还请您安息。"

"这……"神山快哭出来了。

"石津，这回要自己买了单再走哦！"

"当然！我才不会让那种人为我买单！"石津拿出钱

包，"需要我把片山先生的也一起付了吗？"他居然还问了这么一句……

片山正要走出店门，突然转头看向神山。

"对了，神山先生，我告诉你一件事吧！"

"啊？"

"我们这边查到当时那起事故的记录。确实，安井骑手被送到医院时已病危，但并没有查到他的死亡证明。"

神山顿时睁大了眼睛。

"那就是说……安井还活着？"

"这一点无从知晓。虽说正在调查，但毕竟过去很多年了。不过，若他还在世，想必对你们是恨之入骨吧。"

"喵呜——"

福尔摩斯又一次表达了赞同。

片山一行出门离开后，神山无力地瘫坐下来，眼神涣散地呆坐了一会儿。最后，他踉跄地站起身。

"我的那一份……需要支付多少钱？"他向服务员问道。

"三万。"

"三……万？"神山诧异道。

"没错。我特别喜欢动物。对虐待动物的人，会收取百倍的费用哦！"

服务员说。

"真是个差劲的家伙!"晴美怒气难消。

"知道你很生气,不过你快给我做碗茶泡饭吧。"片山叹着气无奈道。

"你替那匹马想一想!就算它想吃茶泡饭也吃不到了!"

"不要胡说八道。"

从没听说过马吃茶泡饭。

晴美好歹平复了怒气,为深夜晚归的片山和(蹭上门的)石津及福尔摩斯准备夜宵。

"话说回来,真的是那个叫安井的人尚存于世,在向四人复仇吗?"晴美一边给片山和石津端出茶泡饭一边问道。

"谁知道呢……"片山被刚入口的茶泡饭烫得翻白眼,"好烫……总而言之,安井当前身处何处、情况如何,这些都不得而知。他原本是世家出身,现在双亲都过世了,房子也转手他人。"

"驭马复仇,真像电视剧的情节啊。"晴美像是很中意这个说法似的,"如果哥哥被人杀害,我一定会和福尔摩斯一道为你报仇!是吧,福尔摩斯?"

"喵呜——"

福尔摩斯比他们早一步拿到竹荚鱼干，很快吃得精光。

"别说不吉利的话！"片山皱眉道。

"请您不必担心身后事。我势必将晴美……"石津正要得意扬扬地做出承诺，感受到片山投来的警告眼神后又噤了声。

福尔摩斯悠然自得地跑了出去，随后嘴里叼着一张报纸的散页广告传单回来了。

"怎么了？"晴美拿起传单看了看，"是搬家宣传单。"

传单上印着一辆卡车，看来是搬家公司散发的小广告。

广告词是："新家打算搬到哪里呢？"

"怎么会搬家……福尔摩斯，你想说什么？"晴美问道。

福尔摩斯"喵"了一声，用前爪拍拍传单上的卡车图片。

"我明白了，是卡车！"片山说着，放下手中的碗筷。

"卡车怎么了？"

"马是怎么被带去高楼林立的大街上的？一定是用卡车运过去的。"

"哦，是啊。不过，普通的卡车能载马吗？"

"不能，必须是专用卡车。这或将成为破案的关键线索。"

"不过，既然都这样了，索性等那四个家伙都被杀了再查吧？"

"这可不行！"

"我不在乎。"晴美不负责任地说道。

这时，福尔摩斯看向大门方向，"喵"地叫了一声。

片山和晴美面面相觑。

"有人在外面。"

"会是一匹马吗？"

"怎么会！"

"是'青马'①吧？"石津附和道。

"我出去看看。"说着，晴美站起身往外走。

"要不要带上一根胡萝卜？"石津提了一条建议，理所当然地没人理他。

晴美打开门，不由得"哎呀"了一声。

面前站着的当然不是马。

是个小女孩——被害者村上的女儿宏子。

"晚上好！"宏子鞠躬行礼。

"啊，外面很冷吧？脸都冻得青紫啦！快进来。竟然从那么远的地方赶过来。你是一个人来的吗？"

晴美急急忙忙地把宏子让进屋里，让她到被炉里取暖。

---

① 青马是一种毛色青黑发亮的马，喜食胡萝卜。日本常用马鼻子前拴根胡萝卜的图画表现催人奋起的意义。

"是一个人来的。"宏子说,"找着找着,我就迷路了。"

"这样啊。但是……你妈妈知道你来找我们了吗?"

"不知道。"

"那么你是偷跑出来的?"

"嗯。"

"你妈妈一定很担心啊。"

"没关系的。"

晴美对宏子的这句话很是疑惑。

"你说没关系的……是什么意思?"

"让她稍微为我担点儿心比较好。"

晴美和片山若有所思地对视一眼。

"小猫咪……"宏子伸出手,福尔摩斯走了过来,把头伸进宏子的掌心磨蹭。

"福尔摩斯好像知道你要来。"

晴美说完,宏子点了点头说:"是的,是这只小猫跟我说'你来一趟我家吧'。"

片山情不自禁地微笑起来。

看来除了片山兄妹,还有其他人能读懂福尔摩斯的信息。

不,可能是因为宏子是天真无邪的孩子。

如此说来,我和晴美在心理上也是孩子……

片山一副陷入思考的认真模样。

## 4

"真是的，跟我摆臭架子……"

片山走进T宾馆的大堂休闲区，情不自禁地叹了口气。

这么寒冷的天，再这么奔波下去，会累倒的。

每次到达约定的碰面地点，对方都会再次打电话来通知去其他地方。如此反复三次了。

"真的走不动了……"片山一屁股重重地坐到椅子上，双手抱着胳膊。

片山跟"四人组"中的加濑约了见面，光是打电话找到他就花费了两天。

终于约定了在这个大风天的下午见面，然而……

一个戴着墨镜的女人走进大堂休闲区，东张西望了一番，接着向片山这边走来。

明明是在宾馆的室内，却不脱大衣，衣领高高竖起。片山刚刚注意到这个奇怪的女人，她就一屁股坐在了片山对面的位子上。

"那个……这个位子有人……"

片山还没把话说完，对面传来的回答是一个粗犷的男声："我知道！"

片山大吃一惊。

"你是……"

"我是加濑。""女人"回答道，"很抱歉以这身装扮见您，实在是因为被讨债人疯狂追堵，才不得已而为之。"

即便如此，这也太……片山太过吃惊，什么话都说不出来。

"我都听神山说了。"加濑开口说道，"哎呀，那家伙真是怒气冲冲啊，因为那次下注的事……"

"这是人之常情吧？打赌赢来的钱被你独吞了。"

"我当然独吞！"加濑毫无愧色，"做人呢，要懂得变通。况且村上、神山和井川几个人因为安井的事情而心怀愧疚，若是拿了那笔钱，内心就会背上负罪感。因此，就让我来替他们承担痛苦。"

"你打算以这种歪理去说服他们仨放弃追究吗？"

"不论他们追不追究，反正这笔钱早就花完了。"加濑耸了耸肩。

"如果……事到如今，他们仨已经知道这件事了呢……也许村上先生和井川先生已经知情。"

"什么意思？"

"人，一旦出现难处，就会想到以前借出去的钱。"

"言下之意是……"

"你会被他们要求分给他们当时应得的那笔钱。你自然早就花光了，被他们逼到绝境，于是你杀了村上先生和井川先生……"

"你别血口喷人！"加濑怒形于色，不由得大声喊起来，随后神色慌张地向周围看了一圈，顿了顿说："杀了村上和井川的不应该是安井吗！"

"只是有这种可能性而已，并没有证据。"

"凶手绝不是我。而且，我还特别胆小呢……"加濑说完，撇着嘴笑着加了一句，"杀人这么粗暴的事情，我可做不来……"

"是吗？"

"而且，你不要忘了，如果是我杀了安井，然后私吞赢得的赌金，那么这件案子早就过了诉讼时效。即使现在被你们发现了，也拿我没办法吧？"

"确实有一定的道理。"片山表示赞同。

"但是呢……"加濑微微把身子往前探了探，"我也很惜命的，所以不想被杀死。如果安井果真还活着，请您一定尽早找到他并抓捕归案。"

"又来了，尽是些自说自话。"片山只能苦笑。

"这应该是你们的义务吧！"加濑突然正色道，"那么，我先告辞了，说不定那帮人已经在什么地方设下了陷阱等着我呢。"

加濑说完，阔步离开了休闲区，完全没有一点儿女性模样。

片刻后，片山从休闲区出来，走向旁边的大厅。

"看到了吗？"片山问晴美。

"那个打扮成女人的男人？"

"对，看清楚了吗？"片山问坐在晴美旁边的村上宏子，"怎么样？"

"嗯！"宏子斩钉截铁地点点头，"就是那个人！"

"确定吗？"

"嗯！"

宏子再一次肯定地点了点头。


天上飘起了零星的小雪花。

"真是令人厌恶的夜晚啊……"

神山抬头看着黑暗的夜空抱怨道。

希望走到公交站之前，雪不会变大……神山暗自祈祷。他没有带伞。

自从前段时间被那名刑警吓到，神山就不再晚归了，然而今天，因为招待的是公司的大客户，迫不得已到这个时间才下班。

周围没有其他行人。没办法……不管三七二十一，先赶上末班车再说。

神山疾步赶路。雪渐渐大了，在空中纷纷扬扬，看样子要持续一段时间。

又是那座加油站。之前那只猫就是在这附近出现的。

可恶！竟然装神弄鬼地吓唬我这种善良市民！

嗯？什么声音？

嘚——嘚——嘚……

听着像是马蹄声……怎么会呢？

可能和前段时间一样又是恶作剧。

肯定是的。连心眼最坏的加濑都没遇害，我没道理被盯上……嗯，肯定是这样的。

神山突然伫足。

那匹马从雪中安静地走出来。

是马。无论怎么看都不是猫。

马目不转睛地盯着神山这边——不，也许只是神山这么觉得。

"喂……快停下……安井！"神山嘶吼道，"我什么都没干！真的！这一切都是加濑干的！那，你现在明白了吧！"

马缓缓逼近神山。神山两腿发软，动弹不得。

就在这时……

"停下！"马前方突然冲出一个人影喊道，"停下！收手吧！"

神山大惊失色。眼前的女子正是村上的遗孀佳子。

马停下脚步。从墙后出来了一个人，是加濑。

"喂！你为什么坏我的好事！"加濑怒吼道，"眼看就要成功了！"

"加濑……是你？也就是说……"

神山惊讶得说不出话来。

"你都看见了！"加濑得意地笑道，"我和这位夫人的关系亲密得很呢。因为缺钱花，杀掉那家伙正好可以拿到保险赔偿金……"

"你这个混蛋！"

"还是收手吧……"村上佳子无力地摇了摇头。

"怎么，你怕了？别担心，警察们把安井的怨灵当成凶手在追捕呢。"

"并非如此。宏子……不见了。"

"怎么回事？"

"那孩子知道了我们的关系，才离家出走的。我已经撑不下去了……"

正当佳子垂头丧气时，听到了一声"妈妈"。

"宏子！"佳子跑过去紧紧地抱住女儿。

紧跟在宏子身后，片山和石津走了出来。

"收手吧！"片山劝说道，"加濑先生，你运马过来使用的那辆卡车已经被我们扣押了。你要老老实实都交代！"

"可恶！谁会听你的……"

加濑话没说完，突然拔腿就跑。

倏地，片山的脚下有一大团茶色的东西冲了出去。不，准确地说，是茶色、黑色和白色三色相间的一团儿。自然是福尔摩斯了。

原以为福尔摩斯是去追加濑，其实不然，它竟然朝一直安安静静地站在一旁的马跑了过去。

随后它四肢蹬地，腾空跃起，稳稳地落在马背上。

福尔摩斯似乎和马"说"了些什么，马动了起来，一骑绝尘，伴着"嘚——嘚……"作响的马蹄声，朝加濑追去。

福尔摩斯的身子紧贴马背。

嘚嘚嘚……

马蹄声逐渐消失在夜道的尽头。

"救命……"

传来加濑的呼救声。

"走吧!"片山叫上石津。

"好。"石津点了点头,"赶快完事儿就可以回公寓去吃晴美小姐做的夜宵喽。"

等到片山一行赶至,加濑正脸色煞白、一动不动地瘫坐在马路中央,脖颈后的衣领被马嘴衔着。加濑带着哭腔哀求道:"放……放过我吧……"

"也许它此刻正在想着那个被你杀害的同伴!"片山训斥道。

"没想到福尔摩斯竟然会骑马!"晴美一边给片山他们端出拉面一边感叹道,"如此一来,加濑和村上先生的夫人都被逮捕了吧?"

"嗯。"片山边取筷子边说道,"似乎那位夫人因犯下过错而后悔万分,好在她身边还有宏子这么乖巧、懂事的女儿,一定会洗心革面的。"

"是啊！给你，石津先生！"

"多谢！"石津道谢后，不顾拉面烫口，就"呼哧呼哧"地大口吃起来。

"福尔摩斯也有份哦……不过你啊，口味太挑剔了。哥哥，味道怎么样？"

"嗯，非常好！"

"那就没问题了。"说着，晴美往福尔摩斯的小餐盘里盛了些拉面，"话说回来，加濑真能想出那种装神弄鬼的招数啊！"

"不是他想出来的。"

"啊？"

"村上最初遇上的那匹马其实是从附近的农户家中逃出来的。村上将此事告诉了自己的夫人，加濑是从村上夫人那里听说了这件事。后来加濑忆起往事，才想出了这个计划。"

"啊，原来如此。可是为什么要杀害井川？"

"井川对村上的死因略有察觉，况且他也了解加濑和佳子之间的不正当关系。从加濑这边来说，他就是打算通过井川的死来误导警察，把安井当作罪犯去追查这个案件。对神山，加濑本来没有杀意，奈何神山被往事激怒，一直找他讨要说法。加濑不胜其烦，才想对神山下手。"

"那么……那个叫安井的现在情况怎么样？"

"嗯，听说多年之后身体恢复了，但肯定没法再骑马了。现在正从事照顾马匹的工作。"

"哇！那就好！我还担心他呢。"晴美舒了口气，安下心来。福尔摩斯"喵——喵——"地连叫了几声。

"是啊……只不过当时的那匹马应该死了吧？"

"对，明明只是无辜的受害者。"片山同情地说道。

"因人类的欲望而牺牲……人类，终究是最任性妄为且丑态百出的啊……是吧，福尔摩斯？"

听着晴美的话，福尔摩斯静静地闭上双眼，似乎陷入了沉思。

# 熬 夜

1

"如今的世道真是越变越差了!"

户张裕吉小声嘟囔着。

时令虽然已至三月,寒风却依旧砭人肌骨。这是一个倒春寒的夜晚,天空层云密布,透不出丁点儿星光。

在这样的夜晚,尤其还是在凌晨两点,独自在寂静无人的街道上兜兜转转大半天,任谁都想发两句牢骚。

不过,户张裕吉既非抱怨刺骨的冷风,也非抱怨阴沉的夜空,更不是为这个时间还在户外奔波的自己而哀叹。

甚至对裕吉而言,这种暗无星月的景况对自己更有利。大约到了该工作的时间,虽然已是夜深,却不会让他心生厌烦。

户张裕吉是个小偷。

小偷感叹"世道不好",虽然听起来很是怪异,却是因为近来裕吉的工作量明显减少了。虽说如此,但也说不上衰落。

即使已经四十八岁了——确实从年纪来说不算年轻——

但因为从事小偷行当的关系，对体格很是在意，裕吉一直自诩体力和三十来岁的年轻人不相上下。

小偷终究是小偷，无论如何辩解，也不能颠倒黑白，把偷窃说成是一份体面的工作。但截至目前为止，至少裕吉既没有弄伤过什么人，也不曾对入户行窃过的屋子进行不必要的破坏。

一旦潜入室内，裕吉一般都能做到在不惊醒屋内人的情况下得手，全身而退。万一运气不好，中途碰上有人起夜上厕所，他一定会当机立断，跳窗逃走。

如果一切正常，裕吉就能悄无声息地切割开窗玻璃潜入房内，只要在室内一瞥，就能看穿现金藏在哪里。从这一点来看，他确实是个相当专业的职业小偷。

因此，作为一名专业小偷，裕吉通常都不会留下作案痕迹，甚至连主人都无法察觉家中遭了贼——有钱人也有心宽的：由于没有严格记录家庭收支的账本，所以即使抽屉里少了一些现金，也完全不会觉察。

裕吉向来只偷取现金，这也是其谨慎的性格使然。

即便如此……真令人头大。

裕吉叹了口气，在无人的街道上徘徊，东张西望着错落有致地排列于道路两侧的宅邸。无论潜进哪一家，里面都有五十万乃至上百万的现金吧?

可惜,进不去——因为主人都还没睡。

每家每户必定有一两扇窗亮着灯,而且不是为了防盗而刻意开着的,是确实有人还没睡。

看一看窗帘后面移动着的人影便可得知。

裕吉低头看了眼手表,已经过了凌晨两点半。

这些天一直是这种情况。三点也好,三点半也好,没有一户人家是完全睡下的。一旦过了四点,就没法下手了。

到了四点,天刚蒙蒙亮,距离天明虽然还有一段时间,但难免会在什么环节遇到些许麻烦,等到好不容易逃出来,若迎面碰上送报纸、送牛奶的就糟糕了。

这样一来,假如在剩下的一个小时里还是找不到适合下手的住户,今晚算是白跑一趟了。

真令人气恼!为什么现在这些家伙都不按时睡觉啊?

过去无论是多么富有的大户人家,晚上十一点左右,定然个个都入睡了。

现在的年轻一代,大学生和高中生们,直到深夜还在听广播、看电视,迟迟不入睡。

无论如何,如果是规规矩矩正常上下班的人,最晚都会在十二点左右上床休息了。然而住在这一带的居民,在时间这方面无疑不受束缚。

　　若是普通上班族那种简单的居民，倒也能轻而易举地潜进去顺手牵羊，收获一些钱财。然而裕吉没有这种心思。

　　如果真的从那些紧紧巴巴过日子的家庭里偷走他们原本就为数不多的积蓄，裕吉会深感内疚。

　　虽然在法律上，不管偷大户还是小户，都是偷盗的罪名，然而至少在裕吉心中，这是两种不同的行为。

　　突然，一阵震耳欲聋的音乐声传来，把走在漆黑道路上的裕吉吓得一激灵。

　　"我说，开窗可不行啊！"传来女子的一声劝阻。

　　"不碍事的嘛！跳舞跳热了啊！"男子大声回答。

　　若不大声说话，他们互相都听不见对方在说什么。他们播放的好像是摇滚乐或其他什么类型的音乐，总之音量开得特别大。

　　"不行！我会被责怪的！"女子应该是一边说着一边关上了窗户。

　　道路上又恢复至往常的静寂……裕吉松了一口气。

　　如今哪家都是那样的生活样态吧？那个样子的话，恐怕熬到早晨都不会睡下。这些人睡醒起床应该是中午以后了吧。

　　裕吉心里有点儿焦急起来。小偷这门行当，如果没找到活干，就没有经济来源。虽说目前的生活尚且不算困顿不堪，但手头的确没有多少存款。

恐怕今晚也只能"两手空空"地扫兴而归。

忽然，裕吉猛地停住脚步。

仿佛周围的夜色突然变暗了——只有路灯依然亮着，然而那户人家却黑灯瞎火，没有一丝光亮，沉浸在夜色中万籁俱静。

这是一幢新建的、看着很是宽敞的房屋。和周边的旧宅子相比，可能规模看上去要稍小一些，但以普通百姓的眼光来看，也俨然称得上是一处大宅了。

这户人家是有人居住的，因为门灯亮着，还可以看见房子里面若有若无的光亮。只是没有迹象显示目前家里还有人没上床睡觉。

裕吉匆匆往左右两侧扫了一眼……应该不会有人从这里经过。快三点了，通常是人们睡眠最深的时段。

动手吧！裕吉下定了决心。况且他有很强的直觉，直觉告诉他这次行动没有问题，而且直觉几乎不会背叛裕吉。

裕吉戴上棉布手套，纵身一跃翻过大门。

从马路对面的方向看来，只几秒钟，裕吉的身影便消失不见了。不过没有一个人目睹这一幕。

应该说是：没有一个人类。

因为有一只三色猫正在沿墙信步，也许是偶尔心血来潮地来了一次夜晚散步吧。突然，它停下脚步，将裕吉在那幢房屋四周徘徊、窥视的一举一动都看在了眼里。

很快，裕吉找到了合适的窗口。

从房屋的构造来看，这扇窗户应该距离二楼的卧室最远（普通房屋的卧室一般都在二楼）。

切割开玻璃，然后在其上贴好胶带防止掉落，接着轻轻取下。手探入窗内，开锁。

这次的潜入过于轻而易举了。

走廊上亮着一盏小小的照明灯。屏气凝神查看了四周的情况，好在并没有人还没睡下的迹象。

裕吉沿着走廊行进。

很快来到了带餐厅的厨房——这里的橱柜里大概率藏着一些现金。

有了头绪之后，打开橱柜的抽屉，看到里面放着一个信封。信封里面……约有二三十张万元钞票。

裕吉抿嘴一笑：直觉真准！

其他房间里还能有收获吗？就此收手还是……裕吉踌躇起来。现在手气正好，哪有离开的道理？或许这个屋子里还有更多的现金呢。

多少再找一会儿吧？裕吉走出厨房，回到了走廊上，边走边东张西望……那边应该是客厅吧？好，那就再去那边碰碰运气。毕竟还是有人会用老派的做法把钱藏在客厅的坛子里。客厅的门微掩着，裕吉刚要伸手把门打开——门豁地从里面打开了。

眼前突如其来的一幕使得即便是惯偷的裕吉也吓得差点儿尖叫出声。从门后走出来一个十七八岁的姑娘，白色的睡袍长及脚踝，长发，而且大眼睛圆睁着……

然而……接下来发生的事情如此地诡异。

那个姑娘对站在她面前的裕吉似乎毫无察觉，看也不看裕吉一眼。

话虽如此，她也不像是个盲人。她的脚步如常人般稳健，从慌忙退向一边的裕吉眼前淡然地走过去。

裕吉就这样目瞪口呆地目送着那位姑娘安静地上楼离开。

可恶！这也太考验心脏强度了吧！

总而言之，裕吉还是打算去客厅看看。客厅里此时漆黑一片，于是裕吉从兜里掏出一支迷你手电筒。

微弱的光圈在客厅里游走，这间客厅比自己所住的公寓宽敞多了。

然后……这抹光圈不动了……

因为照见到有人倒在地上，所以裕吉蹑手蹑脚地靠近。

是个胖女人。年龄可能有七十岁了，身着一条厚长袍，仰面躺倒在地板上。

裕吉很快就看出来这个女人已经死了。她的头倒在一摊血泊之中。旁边有一把菜刀，刀刃上满是血渍。

这是怎么回事……

看上去是被人用刀刺死的。会是刚才那个小姑娘干的吗？

裕吉吓呆了，连自己在这里站了多久，一时间也记不起来了。他猛地打了个激灵，回过神来。

赶紧逃！绝对不能卷入这种事情。

正当他转过身打算离开客厅之际，灯亮了。

"不许动！"一个男人突然出现，手里拿着霰弹枪怒喝道，"喂，快打110报警！"

是个穿着长袍、略微发福的中年男人。

"把手举起来！快点儿！"

"我知道了……"裕吉这才开口说道，能听到一阵"呱嗒呱嗒"的脚步声。

跑去打电话的大概是这个男人的妻子。

"现在我家进了个小偷……对，我丈夫正拿枪控制着他。请你们马上来人！"

裕吉终于回过神来，明白了自己此刻的处境。

"我问你，倒在地上的是谁……"男人问道。

"这……这人我不认识啊！"裕吉慌乱地回答道，"我刚发现有人倒地，你就……"

"母亲……是我母亲！"男人跑进客厅，怔怔地对着老妇人的尸体，"混蛋！是你把我母亲……"

"不是我！"

裕吉拼尽全力抓住男人手里的枪。男人还没反应过来，便被冲过来的裕吉撞翻在地。

裕吉疾速跑出客厅。看到眼前站着一个瘦瘦的女人，瞪着一双惊恐的眼睛。裕吉一把推开她，拼命往来时的窗边跑去，纵身一跃，滚了下去。

"你站住，别跑！"身后有人在追。"嘣"的一声枪响，打破了深夜的宁静。

裕吉依旧奔跑着，玩命般地奔跑。


咚！咚！咚！

玄关处，大门被敲响，吵醒了睡梦中的加奈子。加奈子觉得好困。

"这个时间，会是谁呢……"

抬眼看了看墙上的挂钟，才凌晨四点半，困是人之常情。

是爸爸吗？应该不是，他身上带着钥匙，肯定会自己开门进来的。

匆匆往睡衣外面套了件开衫毛衣之后，加奈子往大门口走去。话虽如此，也不过只是两间面积分别为六叠和四叠半的小型公寓。

"是哪位？"加奈子出声问道。

"我们是警察！"

警察……难道是爸爸出什么事了？

慎重起见，加奈子透过猫眼看了看外面的情况。门外确实站着身着制服的警察。

"这就开门！"加奈子打开门锁问道，"有什么……"

刚打开门的一瞬间，先前不知隐身于何处的五六个男子蜂拥而至，将加奈子粗暴地推搡至旁侧，迅速闯入室内。

"搜！"

"看仔细点儿！千万不能马虎！"刚才敲门的男人威风凛凛地对手下下达指令。

家里的灯全部被打开，加奈子保持跌坐在地的姿势，表情木然地看着面前的男人们拉开壁橱，一床床被子被翻出，扔在地上。

"人不在！"其中一名男子说道，他走到加奈子跟前命令道，"喂，站起来！"

加奈子惊慌失措地站起身。

"你们……究竟是谁！"

加奈子这会儿才想起来，生气地问道。

"还用问吗？刚才不是说过是警察了嘛！"那个男人给她看了一下自己的警官证，"你是谁？"

"我……叫户张加奈子。"

"是女儿吧？户张的女儿。"

"我父亲……出什么事了吗？"

"你妈妈呢？"

"妈妈已经死了，很久以前就死了。"

"其他家人呢？"

"没有了。"

"户张回来了吗？"

"今天……吗？我觉得应该是……还没回来。"

"什么是'你觉得'呢？"

"请您不要大声嚷嚷！"

加奈子不由自主地往后退。

"父亲经常夜里上班，早晨回来。我因为要上学，所以一般都会和父亲回家的时间错开。"

"你说'上班'吗？"那名警察嘲讽地笑出声，"他说自己是干什么工作的？"

"是……是夜警，到处巡逻的那种……"

刑警大声地笑起来。

"能想出这么个名称真是有才华啊……是'夜警'呀！"

"我父亲究竟发生什么事了？"加奈子瞪着警察，生气地问道。

"你是真的不知情吗？你的父亲，是小偷哦！"

"骗人！"加奈子拒绝相信刑警的话，回嘴道，"我知道父亲有前科，可他现在已经……"

"就在一小时前，他闯进一户宅子。户主明明白白地看清楚了他的脸。真是遗憾啊。"

"不可能……"

加奈子自己都感到无力反驳。

"他有其他可以栖身的场所吗？他有情人吗？"

"我父亲没有那种人！"

"有没有，谁知道呢？总之，请允许我们对这里进行监视。再怎么说，他现在毕竟是个杀人凶手。"

加奈子难以置信地问道："刚刚您说什么？"

"杀了人。行窃时被人家发现了，就用菜刀把人杀了。"

加奈子面如土色，脚步踉跄，站也站不稳了。刑警们对家里一阵翻箱倒柜。

"听清楚了吗？要搜到号码、地址和笔记，这些东西可能被藏在了某个地方。"

刑警的声音在加奈子的耳边交错着——她什么都没听见。

父亲……父亲杀人了！这种事情怎么会……

加奈子双目无神地瘫坐在榻榻米上。


## 2


"总而言之，问题就是……"石津刑警以少有的哲学式口吻开口道。

"饿着肚子无法战斗，对吧？"

片山晴美刚接过话茬，石津就惊讶地瞪大了双眼，由衷地佩服道："我心里想说的话，晴美小姐很快就明白了。"

"我也知道你想说什么！"

这次开口的是晴美的哥哥，我们的老熟人——警视厅搜查一科的片山义太郎刑警。

"喵——"

这位自不必多言，本篇的主角，更确切地说是女主角——三色猫福尔摩斯。

上述四位（准确的表述是三个人加一只猫，但若不写上四人，势必会被福尔摩斯抓挠一番）正迎着风，走在夜晚的街道上。

"总而言之，我们先去吃点儿什么吧！"晴美提议说，"那家拉面店的味道很不错哦。"

"对石津来说，光吃拉面肯定吃不饱吧。"

"没有的事！"石津连忙摇头，"如果有炒饭加烧卖，再配上两盘炒菜，拉面也是能吃饱的。"

总之，如果是和石津刑警一起用餐，去高档餐厅就无异于自杀。对石津本人而言，"吃得好不如吃得饱"。

一行人于是走进了那家晴美经常光顾的拉面店，即使已经稍微过了饭点儿，入座的食客依旧很多。

"哎呀，有个新来的女孩！"

晴美发现了一个新面孔。

女孩约莫十七八岁，穿着围裙，小脸通红地跑来跑去。

虽然干活很拼命，但给人的感觉还不是很熟练。

"喂，我点的还没好吗？"某个急性子的客人催促着。

"是的！对不起！"

女孩大声回答着客人。

虽然看上去颇为狼狈，但精气神似乎还不错。

"给我来……"早已饥肠辘辘的石津正要点单。

"你再忍一会儿，那个孩子都忙成那样了呢！"

被晴美这么一说，石津尴尬地说道：

"确……确实是呢……"然后强作笑脸道，"反正，肚子也没有那么饿嘛……"

片山则拼命地憋着不笑出来。

终于，女孩手里拿着点单本和铅笔走过来。

"抱歉，让您久等了。"

说完随手擦了把额头的汗珠。

晴美汇总了大家的选择，简单扼要地报给了女孩。女孩飞快地记录下来。

"好的！还请您稍等片刻！"

真是个颇为可爱的姑娘。看着是个新面孔，不大可能是店家的孩子，应该是为了生计才来这里打工的。在一旁观察的片山暗自思索着。

"我们不着急，"石津越加坚强了，回答道，"即使要等到明天……"

"您不用等那么久的!"女孩笑着说,"我现在去给各位端水来。"

说罢,匆忙赶回柜台,把手里的点单本交给前台下单员后倒了几杯水,用托盘端着走过来。

就在此时,一名略带醉意的中年男子出其不意地伸出一条腿。事出突然,女孩来不及躲避,被那条伸出的腿绊倒,笔直地朝前摔倒在地。几只杯子全部摔碎,水洒了一地。

"哦哟,不好意思哦。"中年男子一脸无辜,"我没注意到你走过来了,腿太长了,实在是没地方伸啊。"

女孩爬起来,愤怒地瞪了男人一眼,之后马上转向旁边的顾客,低头道歉:"对不起,让您受惊了。"然后开始收拾打碎的杯子。

"喵!"

福尔摩斯愤怒地叫了一声。

洒出来的水飞溅到福尔摩斯趴着的地板上,即便它反应敏捷,飞快地跳到了晴美的膝盖上,身上的毛也多多少少被沾湿了。

"真过分!"晴美气得满脸通红。

"真的是!"石津大概也因为正忍受着饥饿之苦,正好气不打一处来。他站起来走到那个醉酒男子身边,眼神锐利地盯着他——因为身材魁梧，看上去很有气势。

"有什么事吗？"

"刚才你是存心绊倒那个女孩的吧？"

"存心？我可没对她存着心。我对那种小屁孩儿没兴趣哦。"男子说着，无赖般地嘿嘿笑起来。

"你现在涉嫌伤害未遂、故意破坏、妨碍公务等罪名。"

说着，石津快速从兜里掏出警察证在对方眼前晃了一下。男子一下子就脸色发白了。

"那，那个……我只是打算开个玩笑而已。真的……主要是我没想到事情会……"

"你不去帮忙吗？"石津问道，"如果那个女孩的手被玻璃碎片割伤，你就是犯了故意伤害罪……"

"当……当然！我正想着要去帮帮忙呢！"男子忙不迭地离开座位，"嘿，你让我来就好！抹布呢？我可擅长使用抹布了！这里交给我吧！"即使裤子湿了也毫不在意，四肢匍匐在地，开始收拾起地上的玻璃碎片。

女孩子震惊地望向石津，紧接着背过脸走回柜台那边……

"嗯？是我哪里做错了吗？"石津回到座位上，担心自己是不是出了差错。

"没有的事。她只是被吓到了吧？"

"那我就放心了。"

不一会儿，那个女孩端着水和例汤走过来。

仿佛是故意躲避，女孩给众人分配水和例汤的时候尽量不跟任何人的眼神交汇，分配完毕，马上转身打算离开……

离开前，她又停下了脚步，转过身说道：

"没有向您道谢，对不起。"

女孩说着，低头行了一礼。

"没关系，"晴美回答说，"只是我们这边倒是有些过意不去，担心是不是我们多管闲事，给你添麻烦了？"

"不是，而是……"女孩欲言又止。

"而是什么？"

"我……我是小偷的女儿。父亲正被通缉。如果你们知道我的身份，刚才还会为我打抱不平吗？"

女孩语气平淡，反而打动了片山他们。

"当然会帮！"片山说，"你父亲的行为和今天的事有什么关系呢？"

"喵呜——"

福尔摩斯温和地叫了一声。女孩抬起头，看着福尔摩斯嫣然一笑。

"谢谢你们！"

女孩欢快地道谢，微微鞠躬说着"请稍等片刻"，便返身回去工作了。

"父亲竟然是个通缉犯！"石津摇了摇头说，"然而这个女孩还是在认真而又顽强地工作着，真了不起啊。"

"我说石津，你不会是哭了吧？"片山震惊地看着石津。

"那又怎样！这证明石津先生是个热心肠的好心人哦。"

"喵——"

福尔摩斯这般直接夸赞，实属罕见。

此刻，氛围一片温馨。只不过由于石津嚷嚷着无论如何要去帮女孩端菜，片山兄妹为了摁住他，着实花费了些力气。


"我先告辞了！"

加奈子向店主打招呼道。

"辛苦你啦！"

传来一声亲切的应答。

刚走到室外，立刻感受到空气里的潮湿。乌云阴沉沉地压着，似乎要下雨了。得赶紧回家才行。

加奈子迈开脚步，匆匆往家赶去。

身体一如既往地疲惫不堪，双腿也酸软无力，心情却很畅快。

多亏了那群为自己解围的有趣客人——坐着的那只猫，表情可真像个人呢。感受到人与人之间的善意，真是一件美好的事情啊。

虽说那些人也是刑警，可人和人是不同的，刑警也是如此。

加奈子心里清楚得很，即使此刻这般走在路上，后面肯定有刑警在跟踪着自己。

他们谋划在父亲约见加奈子的时候对其进行抓捕。

父亲已经失踪半个月。

他到底在哪儿？身体是否康健？

加奈子的生活发生了翻天覆地的变化。虽然仍无法相信父亲是杀人凶手，但他是小偷这件事，实在是无法否认的事实。

接受这个事实之后，加奈子便休学打工了。从那以后，加奈子再没有动过家里的半分钱。

幸好，前段时间打工的那家拉面店的店主听说了加奈子的遭遇后录用了她，至少吃饭不用发愁了。为了省钱，她一直在尽可能地节约开支，因此能找到提供饭食的工作实在太难得了。

即使工钱不多，也要一点儿一点儿存起来。万一父亲被捕，就要为他请辩护律师。

正当加奈子思绪万千之际，身后来了辆轿车。车灯在她身前投射出一道长长的影子。

于是加奈子稍微往路边躲了躲。轿车从她身后超上来……刹那间，在车灯投射出的光亮中，加奈子看见了父亲的脸。

加奈子的脑子里瞬间一片空白，愣在原地。这时，身后追赶而至的脚步声使她回过神来。

"爸爸！快逃！"

加奈子大声喊着，使尽全力用身体撞击追赶过来的刑警，飞扑过去紧紧抱住，不让对方前行。

"放手！户张！你站住！"

可以看到父亲在前方奋力奔跑。加奈子拼命用腿缠住刑警的腿。

两人一同摔倒。额头重重地砸在路面上，加奈子疼得"啊——"喊出了声。

"滚开！"

刑警不耐烦地推开了加奈子正准备继续追赶时，一只猫忽然从他眼前跑过去。不，应该说，是加奈子看到了一只像猫一样的……

坐在硬邦邦的椅子上过了一夜。

虽然还不困，但是想躺一会儿。只是这张椅子未免太小了，根本没法躺在上面。

加奈子就这样独自在这个小房间里不知待了多久。是她放跑了父亲，那位刑警这般发怒也是理所当然的。

作为惩罚，今天晚上必须在这张椅子上过夜了——只要想到父亲可能因谋杀罪名而被捕，也就能忍受这种程度的辛苦了。只是额头上的伤一阵阵地跳着疼着，这让她又陷入了沮丧……

门突然打开。加奈子条件反射般地猛然直起身子。

"过来！"

她昨晚纠缠过的那个刑警在门口召唤。

跟着他走到走廊上的时候，刑警开口道：

"当时你的那番行为，真追究起来，你可得吃苦头呢。"

"对不起……"

加奈子诚恳地道歉。

"哎，算了……有个爱管闲事的人说要收留你。到了那边，你可要老实点儿。"

"诶？"

收留？加奈子一时间有些不知所措。

"但是，对方是什么样的人呢？"加奈子疑惑地问道。

"不清楚。反正现在他是你的收留者。"

虽然有些莫名其妙，但重获自由这件事还是值得开心的。

此刻被带过去的房间，和熬过一晚的那间令人生厌的小黑屋截然不同。虽说设施老旧，好歹里面还放置着一张沙发。

刑警交代加奈子于此静心等待，之后便离开了。此时这间屋子里只剩下她一个人。虽然沙发坐垫早就没什么弹性，但对身心俱疲的加奈子而言仍像羽绒被一样舒服。

困意突然袭来。加奈子连额头伤口的疼痛也顾不得，躺在沙发上睡着了。

睡了多久呢……顶多十分钟吧，但睡得非常沉，直到有人摇晃她肩膀，把她摇醒。

"啊……爸爸！"

眼睛刚睁开，就下意识地喊了一声。正盯着加奈子的是一个和她年龄相仿、长发顺直、肤色雪白的女孩。

"对不起！"加奈子摇了摇头说道。

"今后由我收留你。"说这句话的似乎是那个女孩的父亲，一个已经发福的中年男人，"来，一起走吧。"

于是加奈子一头雾水地被那俩人带离了警察局。

外面的亮光很是刺眼。加奈子一时间感到眼前发黑。

"没事吧？"

"没事……昨晚几乎一夜没睡。"

"吃饭了吗？是不是还没吃饭？"女孩问道。

"嗯……可是……"加奈子还没说完，就听到自己肚子里传出的咕噜声。

这让加奈子羞红了脸。

好像是很有钱的人。

加奈子被带进附近的一家高档餐厅，她一边吃饭一边观察着那位父亲的模样，心里琢磨着。那个女儿一身看上去价值不菲的连衣裙，相比之下，加奈子和她实在是云泥之别。

"为什么要收留我……"

"是我女儿心血来潮。"那位父亲解释道，"因为她身子骨弱，所以没办法去学校上学，她希望有个同龄女孩来家里陪着说说话。"

"我叫由美。"女儿自我介绍道。

的确，看得出来，是个多病体质的女孩，然而笑容异常甜美、动人。

"如果你不喜欢，随时可以告诉我。不过……由于你这段时间是不能工作的，倘若能在我家稍微帮忙干点儿杂活，那便再好不过了。"

"好的，家务活之类的我最拿手！"

"你真了不起！"由美的语气里满是羡慕之意，"我至今连一只碗都没洗过……去世的奶奶生前经常念叨我，说我这个样子是嫁不出去的。"

"对了，有件事我想提前跟你说一下。"

"什么事？"

"不久前，我母亲被小偷杀害了。她运气不好，正好撞见小偷入室行窃。这件事对于我们全家人来说都是很大的打击。我希望你以后千万不要在我们家里提及此事。我想，这件事早晚你会从哪里听到的，不如我提前告知你。"

"明白了。然后……还没请教您尊姓大名……"

"哎呀，还没告诉你吗？当真太失礼了。我姓增池，增池忠彦，这是我的女儿由美。家中还有位妻子，名叫江利子。这么一说才想起来，还没问你的名字呢。你叫什么呀？"

增池。加奈子更加确定了之前的猜测。

父亲被指控杀害的老妇人叫增池弥江子。

"我……"加奈子开口，"我叫片山加奈子。"

**3**

"呀，你是……"

片山被叫到走廊上。眼前站着一位感觉面熟的女孩，似乎以前打过照面。

"谢谢，当时真是多亏了您！"女孩鞠躬行礼道，"那家拉面馆，您后来又光顾过吗？"

"原来如此！我想起来了。"片山面露笑容，"你真行，能认出我来呢。"

"是的……向其他警察打听过。我问他们认不认识一名身边经常跟着一只猫、总是被妹妹抢风头的刑警先生。于是他们说，我要找的想必是片山先生了……"

前半句描述还算靠谱，后半句描述嘛……虽然想反驳，但似乎也是事实。片山只得苦笑一声，问了句："要不要喝杯茶？"

"他们告诉我您姓片山……这让我很是吃惊。"加奈子喝着奶油苏打水，"因为我叫片山加奈子呢。"

"片山？"

"实际上我不是这个姓氏。"

"怎么回事？"

　　加奈子重新坐正了，表情严肃地说道："有件事情，我想找您商量……这件事可能会给您增添麻烦，但我一想到那天你们在店里为我打抱不平的事就……"

　　"有什么地方我能帮上忙吗？"

　　"我……其实姓户张。"

　　"户张？"片山开始思索在哪里听过这个名字。

　　"我的父亲名叫户张裕吉，正因杀人嫌疑而被通缉。"

　　"我想起来了。这么说来，你的真实名字是叫户张加奈子吧？为什么冒用片山这个姓氏呢？"

　　"我现在……在某户人家帮忙打杂。打扫卫生、洗洗衣服之类的……是名叫增池的一户人家。他们家特别大。"

　　"增池……这个姓氏好像也听说过。"

　　"我父亲被指控杀害的人叫增池弥江子。"

　　片山大吃一惊道："也就是说……你在自己父亲曾经入室盗窃过的人家工作？"

　　"没错，因此情急之下，冒用了片山这个姓。"

　　"原来如此。为什么选择片山这个姓？"

　　"我借用了学校里一个朋友的姓……不过，如果说是借用了刑警先生您的姓，就会更加有个性呢！"

　　"我权当你说的是实话吧，"片山笑着说，"只是这件事实在过分巧合了。"

听完加奈子的这段讲述，片山陷入沉思——增池忠彦为了替女儿找个玩伴，顺便帮家里打杂，于是雇用了加奈子，这倒是能理解。疑惑的是，他当真会收养一个连真实姓名都不知道的陌生人吗？

如果他"明知"加奈子的身份，却雇用了她，那么目的何在？

"所以……你找我是要商量什么事？"片山终于回过神来问道，"你在那个家受欺负了吗？"

"那种小事我是不会来找您商量的！"加奈子的言语中透露着愠意，"如果是那种小事，我自己就能解决。"

"是我小看你了。那么，是什么事呢？"

"其实是由美小姐拜托我的。"

"谁是由美？那户人家的女儿？"

"她和我同龄，今年十七岁。因为身体虚弱，所以没办法正常上学，但她很是聪慧，且敏感心细。"

"为什么这个女孩……"

"不知道。只是……某天夜里，我正和由美小姐在房间里聊着天，她突然跟我说'我认为奶奶不是被小偷杀死的'，这让我大感震惊，怀疑她是不是发现了我的身份，不过由美小姐并没有再多说什么。"

"嗯……她为什么觉得小偷不是凶手呢？"

"我也问过她同样的问题，可惜她什么都不肯说了。然后她让我把这件事转告给认识的刑警……由美说，想让警察重新调查那起案件。"

"原来如此。于是你就找到我这里了？"

"是的。我认识的刑警里，其他人都把我父亲当作犯人在追查。但是假如由美小姐真的清楚一些内情，能证明我父亲不是杀人凶手……我明白这是一个不情之请，但还是厚着脸皮过来麻烦您了。"

片山非常理解加奈子现在的心情。

但以片山目前的身份，他实在没有办法插手加奈子父亲的案子。

若他在非管辖区的案件上横插一手，就会遭到同事的诟病——至少公开插手是行不通的。

"您觉得……该怎么办呢？"

加奈子目不转睛地盯着片山，眼神中流露出求助的信号。

片山实在无法抵御这种"眼神"的攻势。虽说不行就是不行，但片山的善良让他无法直接拒绝。要不，试试以"公务繁忙"为借口，推脱一下吧……

"哥，你这是在和女孩约会呢！"

忽然听到了一个铿锵、响亮的声音。

是晴美……片山无奈地长叹一口气。如此一来，加奈子的请求，十有八九得答应了……

"哎呀，是你啊，拉面馆的那个女孩？找我哥有什么事？"

不出意外地，晴美兴致盎然且两眼放光地询问起来……

"这位就是……加奈子的兄长？"增池江利子问道。

"嗯，是……承蒙您总是对舍妹多加照顾……"片山迫于无奈，只好这么寒暄。

"哪里的话。加奈子既能干，又深得由美喜爱，真是帮了我们大忙呢。"

增池江利子是这家的女主人，外表一副柔弱无力的模样。虽说今年才四十一岁，但有些显老，任谁一眼看去都会觉得她已经超过四十五岁了。

"那么，您身边这位是……"

"我是片山的内人。"晴美煞有介事地自我介绍道。

"哦，是嘛！"

如果加奈子突然多了一个哥哥外加一个姐姐，想必会让人感到奇怪，于是他们决定以夫妇的名义前来拜访……只是在片山的内心深处，对编造这样的关系感到不安。

"请两位不要拘束啊！"江利子说道，"我有事必须出门一趟……加奈子，你要好好招待大家哦。"

"对不起！"加奈子在一旁低头道歉道。

片山看到增池江利子出门后，如释重负般地长舒一口气。

"我说，晴美！"

"怎么了，老公？"

"算了吧！恶心死了！"

"真对不住你呢！"

"这间客厅就是案发现场呢。"片山谈及正题，"我来之前查过资料，说是被害人倒在那边的血泊之中……"

光是想起那个画面，晕血的片山就开始变得脸色苍白了。

"喵——"

传来一声猫叫。

福尔摩斯自然是一起来了的。

"福尔摩斯，你要去哪儿？擅自在别人家中走动……的话，你是有什么发现吗？"

"喵呜——"

福尔摩斯没有停下脚步，继续往客厅外面走。

"它好像要带我们去某个地方，大家快跟过去看看吧。"

出了走廊，大家跟在福尔摩斯身后。

福尔摩斯在一扇窗边坐下，用后肢在耳后挠了起来。

"什么嘛，不会只是来这边晒太阳吧！"片山观察着面前这扇窗户，察觉出一丝不对劲儿，"我明白了。小偷是从这扇窗户翻进来的。"

"玻璃是新的，看来是刚换上。"

"因为之前那块玻璃被划开了？"

"福尔摩斯为什么会知道是这扇窗户呢？"

福尔摩斯不动声色地伸了个懒腰。

"等一等！"

片山返回来时经过的那条走廊。

"怎么了，老公？"

"你能不用'老公'这个词吗？"片山蹙眉道，"你们想想，作为凶器的菜刀应该是放在这家厨房里的东西吧？"

"小偷'先生'从这扇窗户潜进来之后去了客厅……"

"不，首先得去厨房。如果不先去厨房就没办法拿到那把菜刀。"

"啊，我明白了……之后去了客厅。"

"这很不可思议。我尝试打听过，户张是手法老练的惯偷，迄今并没有伤害户主的前科。由此可知他行窃时是不携带凶器的。那么问题来了，为什么这次他特地拿了把菜刀？"

"是有什么人来了吧？"

"如果是有什么人来了，难道他不是第一时间逃走吗？"片山摇了摇头，"不仅没有立刻逃离，还特意去了客厅。你认为其中有什么理由？"

"我不知道。"

"来之前，我询问过负责户张以前几起盗窃案的老警察，他告诉我，户张在以往的所有偷窃行为中都没有伤人，更别提杀人了。"

"是真的！父亲才不会做那种……"跟过来的加奈子情不自禁地开口道，只是刚开口便又急忙捂住了嘴，"不对，我现在的身份是片山加奈子。"

"但是……"片山接着分析道，"人一旦被逼急了，或许什么事都做的出来呢！"

"嗯，我知道。"加奈子点了点头说，"如果我父亲他不去当小偷，事情就不会变成这样。"

"说句心里话，我希望他能自首。一旦自首，就能沟通更加详细的事情经过了。"

"不行！"晴美插嘴道，"现在去警局的话，这个孩子的父亲会被当成罪犯审判的。等我们查明了真相，再劝说他去自首，这才是最好的做法吧！"

"虽然听上去很有道理……"正当片山紧皱眉头纠结之际，福尔摩斯短促地叫了一声。

"哎呀……"加奈子转过身来一看，"由美小姐！你不躺着没问题吗？"

"嗯……"只见肤白身娇的少女穿着一身毛衣加短裙的装束站在那里，"这些都是什么人？"

"这位是刑警先生！"

"哇！"由美的双眸突然放光，"你真的把警察带来了！"

"总之，你快去客厅坐着休息一会儿。想吃点儿什么吗？我去准备。"

"好！加奈子的烹饪手艺也很棒呢！"

"哪有的事……"

"我母亲呢？"

"刚刚出门了。"

"是吗……"

回到客厅，由美和片山他们一起坐在了沙发上。

"我母亲以前也很擅长烹饪，她说过自己特别爱做菜。"由美说道，"但是我……几乎没吃到过。"

"为什么？"晴美好奇地问，"是家里有保姆还是……"

"不是，是因为家里都是奶奶在做饭。我奶奶那个人，对饭菜的口味非常挑剔。"

"所以她一直自己亲自下厨吗？"

"对啊。与其说是亲自下厨，不如说饭菜都被奶奶独自承包了。奶奶的手艺特别好，她做的食物都很好吃……"说着，由美不由自主地笑起来，"不好意思，你们好不容易来一趟，我却尽说些无关紧要的小事。"

"喵呜……"

"它说没关系。"晴美代为"翻译"道。

由美听了，笑得更开心了，笑道："真是可爱、有趣的小猫咪。"

"话说回来，听说你不认为自己的奶奶死于小偷之手。"片山说道。

"嗯，因为奶奶向来不是那种听到动静会起身去察看的人。她的睡眠特别深，曾经有一次大地震，骚乱中混杂着大家的尖叫惊呼声，奶奶竟仍能独自安睡。"

"原来如此。"

仅凭这样的口头讲述，不足以证明增池弥江子当晚确实没有起身出房间。

"但是要说奶奶在这里被杀害，至少说明她肯定到过这里，对吧？"

"的确如此。我认为其中肯定有什么原因的，可惜我目前还不清楚。"

听完了女孩的一番讲述，片山隐约觉得她肯定知道些什么。或许，她只是想让人察觉出来她知道些什么……

加奈子此时端来了一些小餐点。

"谢谢！"由美莞尔一笑道，"实在没法想象加奈子和我同龄呢。我也……想多做些什么。"

"想做事，得先吃东西养好身体哦。"加奈子眉开眼笑地说道。

加奈子身上好似有一种神奇的功能，能时时刻刻给身边的人带来活力。

大门口传来动静，好像有人回来了。不一会儿，一个中年发福的男人进了门，向客厅走来。

"怎么回事！由美，不躺着没关系吗？"

"爸爸，回来得真早啊。"由美回答道，语气透着些许淡漠。

"我临时有事回来，等会儿还得回去工作。他们是客人？"

"是……是我的哥哥。"

加奈子赶忙开口解释，增池听了她的话，脸上闪现而过一丝诧异。

"啊，是吗……哦，你们好。我的时间比较紧，先告辞。"

说完便行色匆匆地离开。

如果待得过久，就会令人起疑。片山他们坐了十分钟之后，离开了增池家。

"很抱歉，由于我的过分请求……"出门送客的加奈子低头道歉。

"只有查看过现场，才能决定之后的打算。要拿出干劲来哦。"

被晴美这么一鼓励，加奈子感动得热泪盈眶……

片山往家走着，开始抱怨晴美：

"又来了，擅自承诺别人，可能她的父亲真是凶手呢！"

"我觉得不是。"

"喵——"

"是吧，福尔摩斯？"

"不是她父亲的话，究竟是谁干的呢？"

"刚才那个叫增池的男人的脸色，你看到了吧？"

"那位父亲的脸色？"

"对，他当时大吃一惊地看着我们。"

"我也注意到了。"

94

"明白为什么吗？因为他知道我们不是加奈子的兄嫂。"

"嗯，换言之……"

"他知道加奈子是那个小偷的女儿。"

"那他为什么特意雇用加奈子？"

"其中肯定有什么动机！"

晴美一步一步地进行着合理的"推理"。

"喵呜！"

此时福尔摩斯叫了起来。

"发生什么事了？"

晴美回头看向福尔摩斯。福尔摩斯扭了扭头——刚刚有个男人和她们擦肩而过。

随后，福尔摩斯的目光则一直停留在那个男人身上。

"哥哥，你先回去！"晴美吩咐道。

"你呢？"

"有些事，我想调查一下。"

"好的。但是晚饭前一定……"

"我会回去的！"

晴美跟在福尔摩斯身后走了。

那个男人在增池家门前停下脚步，站了片刻，一直往房子里窥探。

晴美谨慎地走近，打量起了男人的侧脸。

"那个人……该不会是……"

"喵呜！"

听到福尔摩斯的叫声，男人转过脸来。

"打扰您了，请问一下……"

晴美走近前来打招呼道。男人的眼神开始充满戒备。

"问我……什么事？"

"您是小偷户张裕吉先生吗？"

如此的问话方式或许不妥。

男子闻言，登时调转身子，准备逃走。

说时迟那时快，福尔摩斯如离弦之箭，一下子冲了出去，跑到男人的面前。

"哇！"

男人面对眼前突如其来的猫，一时没有刹住身体，摔倒在地。

"您没事吧？"晴美即速赶来查看。

男人爬起身。

"我就是户张。你是女警官？"

"我？不是的，我是警视厅的顾问。"晴美擅自给自己编造了这个身份，"加奈子如今在这户人家干活儿呢。"

"你说什么？"户张脸色铁青，"那么……她是在替父偿罪吗？"

"怎么可能？现在又不是江户时代。此事说来话长，要不要听我跟你慢慢讲讲？"

"好的……"户张站起身问道，"可是，你为什么不把我交给警察？"

"我能问一个问题吗？"晴美反问道，"杀死这家老太太的凶手是你吗？"

户张眉头紧锁，板着脸回答道："不是我干的。你如果不信，我可以发誓！"

"知道了，"晴美微微一笑，"我带你去见我哥哥吧。"


"天哪……简直太好吃了！"户张放下碗筷由衷地赞叹道，"我第一次吃到如此美味的饭菜！"

"能合您的口味真是太好了！"晴美喜笑颜开道，"是吧，哥哥？"

"嗯……"

此时此刻，片山没什么食欲，只吃了三勺米饭……

这确实是人之常情。刑警把被通缉的嫌疑人带回自己家，还招待饭食。如此出格的行为，倘若被警视厅发现，首先会被开除。

片山虽然想辞掉警察这份工作，然而辞职和被开除是性质不同的两码事。

"如此，我便不再有什么遗憾了，"酒足饭饱的户张开口说道，"请您把我绑起来吧。"

"你是历史剧看多了吗？"晴美忍俊不禁，"无论如何，我们只想逮捕真正的罪犯，你也想找到真正的……"

"这是当然的！"户张提高了声调，"然而对加奈子而言，不管我有没有杀人，有个小偷父亲对她不是什么好事。"

"但你要明白，杀人和没有杀人，意义截然不同。还得请你为我们讲述当时潜入屋子后的具体情形。"

"明白！"

于是户张从潜入增池家开始说起，直到后来从餐厅的橱柜里拿走现金，来到客厅偶遇那个女孩，在客厅里发现尸体后被男主人举枪追击等一五一十地告诉了片山他们。

"事情的经过就是这样，我说的全是实话。"

片山内心以为可以相信户张的话，但他敢肯定，其他刑警未必愿意采信户张的这番说辞。

"如果你刚才所言不虚……"晴美说道，"你提到的那个女孩听上去像是由美小姐呢。她为什么会半夜三更孤身一人从客厅里走出来呢？"

"尤其是客厅里还有她奶奶的尸体……"片山猜测道，"难不成那个孩子有梦游症？"

"有这种可能性，"晴美说完，忽然惊道，"也就是说，那个孩子在无意识的情况下刺死了自己的奶奶……"

"这未免太巧合了吧！"

"我认为不是那个孩子。"户张说道。

"为什么这么说？"

"那个孩子当晚穿着一身白色睡袍，老妇人流了那么多的血，喷出的血肯定会溅到衣服上，但我注意到她的睡袍上一滴血渍都没有。"

"说得有理！"片山一瞬间对户张心生敬意——不愧是职业小偷，在当时的突发状况下，竟仍能观察得如此细致。

"难道是老妇人被害后，小女孩才梦游的？"

"若真是如此……"

福尔摩斯又叫了一声。

晴美扭头瞧见福尔摩斯爬上了立柜，蹲坐于摆放在立柜上的座钟旁边，伸出一只前肢轻轻拂了一下钟表。

"钟坏了？好像不是呢！"晴美说道，"等一下……福尔摩斯似乎在向我们传达一些讯息。"

"时钟……是指时间吗？"片山若有所思。刚才户张的那番话中应该有某条重要线索。

"嗯，是时间！"片山笃定道，"如此一来……喂，福尔摩斯，还有一点，你想向我们说明吧？"

福尔摩斯从立柜上一跃而下，向厨房跑去，坐在了洗碗池下方。

"这是什么意思？"晴美表情凝重地问道。

"很简单。"片山心情大好，"户张先生！"

"啊？"

"今晚能请您再次偷偷潜进这户人家吗？"

听到片山的这个请求，户张和晴美不约而同地瞪大了双眼。说起片山这个人啊，也是有胆大的时候的，虽然大概只有一年一次。

**4**

睡梦中的加奈子突然睁开眼睛，从床上爬起来。至于为何在深夜突然醒来，她自己也略感疑惑。

"喵呜——"

听到一声猫叫，或许是这声猫叫喊醒了她。

加奈子到底还是个孩子，白天累坏了，晚上困得倒头就睡，不会轻易醒来。

听刚才的猫叫声，似乎是那只三色猫。想起来了，它有个名侦探般的名字——福尔摩斯。

猫叫声听起来是在附近。难道家里……怎么可能？

加奈子单独住在一楼。她的房间是由一间储物室改造而成的。虽说是储物室，但面积非常大。加奈子悄悄起身走出房间。

她身着一身睡衣往走廊走去，前面隐约亮着一片灯光。起初，加奈子想当然地认为那只是走廊两侧的照明灯而已。

走了一会儿，加奈子才发现是厨房方向传来的灯光。有人在厨房吗？

应该不是什么值得大惊小怪的事。或许是增池，又或许是夫人夜里口渴起床喝水……

咚！咚！咚！

加奈子听到一阵细微的敲打声。是什么声音？她屏息凝神，蹑手蹑脚地沿着走廊走去。

是谁这个时候还没睡？细听那阵敲打声，似乎有人在用刀切蔬菜。

咚！咚！咚！

越走近，越能肯定是刀切蔬菜的声音。诡异的是，谁会在这个时间做饭？

此时将近凌晨两点。

猛地，加奈子的脑海中突然蹦出一个念头，令她不寒而栗——该不会是增池弥江子的幽灵吧……

不可能！不要有这种愚蠢的想象！

加奈子摇了摇头，拼命让自己保持镇定。她缩着身子，悄悄窥探着厨房方向。

站在流理台旁边的……竟然是由美！她穿着一套粉色睡衣，手里握着菜刀，似乎正在砧板上切着什么。

由美小姐……她在切什么？

抬头一看，加奈子不禁目瞪口呆。

砧板上空无一物。

虽然由美的刀工显得娴熟，但她的菜刀切的只有空气。

"哎呀，锅已经……"由美自言自语地小声念叨着，揭开了煤气灶上的锅盖，"火候正好呢……"

灶火并没有点燃。锅里自然也没有水蒸气冒出来。

由美把砧板拿起来，将"幻想的蔬菜"倾斜着倒入锅中。

"好了，这下子就算完成了……"

由美说完，便拧开水龙头清洗砧板和菜刀，随后用毛巾擦干了双手。

忽然，由美毫无预兆地转向加奈子这边……

然而她没有看向加奈子。

由美对加奈子视而不见，径直离开了厨房，紧接着来到走廊，走上楼梯。

"由美小姐……"

加奈子长长地舒了一口气。

之前说起她生病，就是指这件事吧！

"你都看见了吧？"

突然，身后响起一个声音。

"啊！"沉浸在思绪中的加奈子被吓了一大跳。

是增池站在那里。

"快进屋去！"

增池催促加奈子道。

进入客厅打开灯，增池精疲力竭似的坐到了沙发上。

"这种事，每周都会发生两次。真是令人身心疲惫啊。"

说罢，重重叹了口气。

"由美小姐她……"

"她遗传了我母亲的基因，喜欢做饭……不，倒不如说她自认为喜欢。"

"这是一种病？"

"如果没造成伤害，就不必管她。"增池说道，"但有时她会点燃煤气，把空锅放在炉灶上烧，好几次险些造成煤气中毒……正因为如此，我才会像现在这样，在这种时候起床把煤气阀关上。"

"带由美小姐去看过医生吗？"

"到底该如何是好……"增池一边说着话，一边偷偷地将手伸入沙发后面，"若被医生得知是我的孩子亲手杀了自己的奶奶，我会不知所措的。"

"是由美小姐？"

加奈子惊呼，接着难以置信地看到增池从沙发后面摸出一把霰弹枪，枪口正对准自己。

"既然这件事被你撞破，就没办法留你活口了。"

"这……杀我的理由是什么？"

"如果说错将你当成小偷误杀，应该没问题，毕竟是小偷的女儿。"

加奈子长长地叹了口气。

"原来你早就知道了。"

"当然！"

"那为什么还要……"

加奈子的话还没问完，突然听到一个声音回答道："是因为我！"

户张说着走进客厅。

"爸爸！"

加奈子小跑着奔过去，将脸埋进父亲的胸前。

"让你担心了，对不起！"户张说着看向增池，"你是为了把我引出来才雇用我女儿吧？现在你的目的达到了，她对你而言没有利用价值了，可以放过她了吧？"

"这可不行。你没被逮捕，还能站在这里，真是幸运。只是……如果放她出去胡言乱语，会让我很难办啊！"

增池从沙发上站起来，将枪口对准户张父女二人，说道："如此正好，我有了开枪的正当理由。"

"爸爸……"

加奈子紧紧抱住父亲，绝望地闭上了眼睛。

"砰"的一声枪响，震动整栋房子。一股硝烟瞬间升腾起来，不一会儿工夫，就渐渐散开了。

"混蛋！"

增池目眦俱裂。

只见户张父女仍毫发无伤地站着。加奈子对此感到不解。

"爸爸，这是……"

"万幸是空弹夹啊！"

有人这么说了一句。

片山从沙发后面出现了。

"假如我没有提前把你的枪换成空弹夹，你现在已经是杀人犯了。"

增池脸上血色尽失，一下子变得苍白。

"请等一下！"他说，"这事不怪由美！那个孩子因为病发，所以在一无所知的情况下错杀了奶奶。能让我代为顶罪吗？若能如此……"

"这要看真相到底是什么，"片山说道，"无论如何，你都应该带由美小姐去看医生。"

"爸爸！"由美站在客厅门口喊道。

"由美……"

"这是真的吗？真的是我杀了奶奶吗？"

只见增池低头不语。由美的脸色逐渐苍白，身体趔趄。

加奈子见状，慌忙跑上去抱住了由美，将她搀扶到沙发上坐下。

"你不必承受这个打击。"片山说。

"即使以病情作为借口，我犯下的过错终究无法挽回了！"

由美双手捂脸，悔恨地痛哭起来。

"不是这样，我的意思是，你没有杀人。"

片山的这句话令在场的由美、增池及加奈子大感疑惑。

户张站出来解释道："当晚我看见你的时候，你的身上没有任何血迹。"

"如果不是由美小姐……那么是谁？"发问的是加奈子。

"我发现被害者尸体的时候，那个人立刻拿着枪出来。居然可以如此轻松地提前准备好枪支吗……所以他其实早就起床了，偶然发现了潜入屋内的我，于是顺势将杀人罪名栽赃给我。"

"一派胡言！"增池厉声喝道，"我为什么要杀害自己的亲生母亲？"

"凶手不是你。"片山接着说，"长期居于主妇之位却没机会接近厨房，这种仇恨日积月累，终于在那个夜晚爆发。"

顿时，屋内鸦雀无声。

"妈妈……"

由美喃喃地说了一句。

只见增池江利子站在客厅门口。

"嗯……是我杀的。"江利子从容不迫地说道，"那晚我难得在夜间醒来……莫名其妙地清醒过来，之后我下了楼，听到厨房方向有动静。我躲在暗处，看见婆婆她在切菜。

原来婆婆和由美一样，夜里会梦游着做饭。然而以前我并不知道这回事，只觉得婆婆在嘲讽我，于是怒从心头起。后来婆婆大概被我的动静惊醒了，握着菜刀快步跑向客厅……"

"被你撞见她发病的情形而惊慌失措了吧……"

"是的。如今回想起来才明白……可是当时我失去了理性。婆婆是个要强的人，于是我俩争执起来。我一把抢过婆婆手里的菜刀，说今后做菜煮饭的家务由我来做。婆婆则作势要抢回菜刀……争抢中，就……"

"江利子，你……你怎么能……"

增池听完，一脸惊愕。

"因为……这件事没法跟你开口啊。如果你知道是我杀死了婆婆，一定不会原谅我吧？"

"原来如此。后来你看到户张翻窗入户，就在溅满鲜血的睡袍外面套了件开衫毛衣，匆忙上二楼叫醒熟睡的丈夫。你告诉他，由美失手杀了弥江子老夫人，而且家里正好进了个小偷，可以顺势把罪责推给他……"

"不错！"江利子无力地垂下头，"当时我想，如果由美什么都不知道，就不会受到伤害。"

"意外的是，户张竟然逃走了！于是你设法雇了加奈子小姐，这样一来，户张必定会现身。"片山摇摇头，惋惜地说道，"你应该一开始就说实话，那才是最好的解决方法！"

大门处传来门铃声。

"警察来了，因为这里不是我的管辖范围……"

片山说完，往外走去。

"爸爸！"加奈子紧紧握住父亲的手，"我一直坚信不是你干的！"

"抱歉……我得去坐牢了。"

"我会去给您送生活用品。"

"但是……"

"我本来打算，如果爸爸是杀人犯，我就杀死爸爸，然后自杀……"

"你不能死！"户张把女儿紧紧地抱在胸前，"绝对不能死！"

"是……"

片山带了一群刑警返回。

"那么，详细的情况，请你们询问这对夫妇吧。"片山说，"还有……"

他看向户张。

由美见状，走上前去说道："他们是我家雇的用人，和此案没有关系。"

"由美小姐！"加奈子惊讶地睁大眼睛。

"回房去吧，有事情会叫你们。"由美吩咐道。


"后来户张先生还是去自首了？真好！"晴美说，"我真希望自己当时也在现场！"

"即使没有你，案子也能顺利解决！"片山挺起胸膛，自信地说道。

"喵呜——"

福尔摩斯发出抗议。

"哎呀……会是谁呀？"

听到有人敲门，晴美站起身。

现在是晚饭时间，大概……

不过如果来人是石津，这敲门声未免有点儿轻呢——难道是他极少有的肚子不饿的日子？

晴美打开门，门外站着加奈子。

"晚上好！"加奈子鞠躬问候，"非常感谢您所做的一切！"

晴美喜出望外，劝说加奈子留下吃晚饭。

"实在不好意思，我得赶紧回去准备晚饭。"

"晚饭？你在这里吃完再回去吧。"

"不，我已经决定在增池先生家住一阵子。"

"哎呀……"

"夫人回来之前，我会负责那个家里的家务……由美小姐也希望如此……"

"是这样啊！"

"由美小姐已经去医院接受治疗，我要陪着她。我还有很多事情要做。"

"说得也是，加油！"

"好！我还想向小猫道谢……"说着，加奈子拿出一个纸包，"这是竹荚鱼干。"

"喵——"

福尔摩斯像是在说"谢谢"，叫了一声。

"律师跟我说，我父亲的刑期不会太长。"

"就算是为了你，你父亲今后也会洗心革面，重新做人。"

"说得对！"加奈子笑了，"说起来，小偷的作息都是昼夜颠倒吧？父亲甚至跟我抱怨在监狱里每天都要早起，很是辛苦呢。"

"是吗？"晴美也被逗乐了，"不过熬夜毕竟对身体无益！"

"什么对身体无益？"石津突然探头问道。

"果然还是来了……"片山无奈地叹了口气。

"饿着肚子还要拼命忍，才是对身体无益呢！"石津一本正经地申明自己的主张，"稍微打扰一下可以吗？我只待一会儿就离开哦。"

"当然可以。正好是晚饭时间嘛，吃完再走吧！"

"真的可以吗？哎呀，其实我不是为了蹭饭来的……"

加奈子笑着刚离开，石津就一屁股坐下来，肚子适时地"咕噜咕噜"响了。

听到这声肚子叫，片山不禁开始考虑增加的伙食费，心情逐渐忧郁。

"喂，福尔摩斯！"片山对面前的猫咪悄声发牢骚，"对身体无益的可不仅仅是熬夜，对吧？"

"喵呜——"

福尔摩斯附和了一声。

# 幽灵城主

## 序　章

　　刚爬上城堡的楼顶，晴美还未站定，一阵强风吹过来，让她趔趄了一下。

　　这是一个暴风雨之夜。雷声惊天动地，狂风如猛兽般呼号着，接连不断地扬起尘土的旋涡，在天地间翻涌、奔腾。

　　一道道青白色的闪电在夜空里横向穿梭，又从云间一路奔下，把黑暗的天空撞击得七零八落、残损不已。雷鸣伴着电光，发出隆隆的响声，似在空中击鼓。晴美低头猫起身子，似要逃离这场风暴，沿着城墙一步一步艰难地逆风前行。

　　然而，晴美真正想要逃离的"东西"，是一个正打开天窗向城墙走来的身影。

　　戴着面具的男子肩披黑色斗篷，衣摆迎风高高飘起。他慢慢地向晴美的背后逼近。面具男子的嘴角露出圣母玛利亚般的祥和笑容，与此情此景格格不入，越发给人以毛骨悚然的恐怖印象。

晴美在最后一瞬间终于意识到身后日益迫近的杀意，猛然回头——她转过身子时，面具男子手中的尖刀正好深深地插入她的胸口。

"啊……"

晴美遇刺，向后趔趄着，好在终于扶住了城墙一角，站稳脚步，不致从数十米高处摔落。

"你……你是谁！"晴美大声质问男子。

"你不知道吗？"男子也高声叫嚷，"你不知道吗？我是谁？"

男子摘下脸上的面具扔向一旁。晴美"啊"地叫出声来，诧异不已。紧接着，她激动地喊道："哥哥！"

晴美脚下打战，努力站定了，质问男子："为什么？究竟是为什么？你为什么要置我于死地？"

"因为你是我的！是我一个人的！我绝不会把你交给任何人！"

"哥哥……"

"如果要将你交给一个陌生男人，我便用这双手杀了你，然后我也去死……"

男子情绪激动，言辞激烈，忽而举起那把刚刚刺入晴美胸口的尖刀，毫不犹豫地扎进自己的胸口，直直地向后倒去，摔落下来。

"哥哥……"晴美向男子伸开双臂，"我唯一爱着的……只有你啊……"

可惜晴美连向哥哥走过去的力气都没有了。拖着受伤的身子站到城墙边，她跨过墙垣，展开双臂，面朝上往后倒下，如一片随风轻舞的羽毛般坠下城楼，身影逐渐湮没在城墙下方的暗影里。

又是一阵电闪雷鸣，舞台的大幕迅速落下。

台下掌声雷动，经久不息。

"好！"

还有人高声喝彩。

掌声铺天盖地，如风暴般席卷了整个剧场。热情的观众席上有一些特别的观众，单纯地鼓掌已然无法表达他们激烈的情绪……

"喂，你冷静一点儿！"

此刻的片山义太郎哪里顾得上为如此精彩的演出鼓掌，他正拼命拉住邻座试图飞身上台的石津刑警。

"片山先生！请放开我！"石津奋力挣扎着，脸都涨红了，"我要把那个家伙痛扁一顿！"

"你给我冷静一点儿！"

"可是那个家伙竟然用刀刺晴美，难道你想让我就这样放过他？"

"他们是在演戏！"

"我知道！虽然是演戏，但他刺杀晴美，就是混蛋！"

"你不要再瞎说胡闹了！"

此时，台下的掌声变得更加热烈起来。只见舞台上的幕布缓缓拉起，演出人员整齐地排列着登场。

石津瞬间转换风格，换了张脸孔喊道："好！晴美小姐，万岁！"他一边冲着舞台高喊，一边大力拍手，"太棒了！你是全日本最棒的！"

片山无奈地扶额叹气："真跟不上他的节奏……"

"喵——"

随声附和的自然是三色猫福尔摩斯，它正面对着石津，也坐在片山的邻座，观看着这场演出。反观石津，这个人可以说完全没在意片山和福尔摩斯对自己"叹气"，依旧狂热地拍着手，嘴里一个劲儿地喝彩："好！"


狂欢过后，总显得异常冷清。

还留在聚餐会场上的，要么是烂醉如泥之人，他们甚至已经醉到无法思考是否应该回去了；要么是还想找人诉说心事而迟迟不愿归家之人，依旧在大厅里晃荡着。总之，尽是些不起眼的人物。

总而言之，参与者的活力早已消失殆尽，余下的只有无尽的疲劳和无边的困意。

"真是浪费啊！"

传来一声叹息。

说这句话的无疑是个异类。

"如此美味的烧烤牛排竟然没吃完！"

这个异类自然就是石津了。

"你适可而止吧！"片山不胜其烦地说道。

在聚餐会场的一角，晴美她们还在狂欢。

"真是太优秀了！"

"确实！晴美小姐，你绝对应该从事演员这个职业。"

被如此夸赞，任谁都会心花怒放。晴美的双颊不自觉地爬上几朵红晕。扑面而来的粉红色不止是酒精产生的效果吧？

话说回来，晴美为何会出演这样的舞台剧？个中原委，暂且放下不提。总之，都是因为高中时代的好友，也就是如今的剧团成员水田真子——在她的拜托下，晴美同意参加本场演出。

与其说是被拜托，不如说是着了道儿。

"但是呢……"片山从不远处望向晴美她们，"不管是不是被骗来的，剧团竟然放心让外行出演那样重要的角色！"

"喵——"

福尔摩斯难得和片山意见一致。

当然，晴美的角色虽然很重要，但出场和台词都不算多，因此是一个非常讨巧的角色。除去这一点，不带半分偏袒地说，对片山而言，他必须承认晴美在这场演出里表现得很出色。

然而片山并不想当着晴美本人的面夸赞。毕竟以晴美的性格而言，若是表扬她演技过人，她可不定会过于得意而语出惊人呢。

"您是片山先生吧？"

片山身后传来某个女性的询问。他随即转过头，看到眼前站着一个不大看得出年龄——或许不到三十岁——的女人。

她是谁？片山歪着头回忆片刻。不，他肯定见过这张脸。

"实在不好意思……"

想不起来的情况下，最佳做法是坦率询问——这句话是片山的座右铭。

"您忘了吗？"对方没有丝毫愠色，笑着自我介绍道，"我是舞台导演矢坂由香里。"

原来如此。得知女子身份的片山深感震惊。

"失礼了。实在……和我印象中的不一样了……"

眼前这位大美女竟然是她？

那时候，片山出于对晴美的担心，去看过她们排练。正是那次机会让他看到了身着一身牛仔裤和T恤衫的矢坂由香里。

仅凭那天对她的印象而认不出眼前的她，实属情有可原——今晚她身着红色晚礼服，精致而又美艳。

"我可是女人哦！"由香里笑着打趣道，"来杯香槟吗？"

"还是算了，我酒量差，一口倒……"

"呀，真少见。"

由香里熟练地端起酒杯，一饮而尽。

平日里，她一头短发，连淡妆都不化。想不到今天却……

"令妹非常出色呢！"

矢坂由香里赞叹道。

"是吗？"

"难道你不这么认为？"

这样的当面质问，让片山感到一丝为难。

晴美毕竟是自己的妹妹——过分夸耀自家人，片山会觉得害羞。

"还是请您不要给她戴高帽了，"片山谦虚地回复道，

"否则以我对她的了解，她准保会飘飘然地随口说出'要去当演员'。"

片山的上述回应原本只是玩笑话，但听者有心。察觉到片山言语中对晴美当演员的反对之意，矢坂由香里不由得绷紧了面孔，反问道："难道晴美不能当演员？"

"也不是……并不是说她一定不能当演员……"

"原来男人都是一个样子啊。在这个社会，好像一旦承认女性优秀能干，就会影响到男人的名誉似的！"

由于片山的话听起来模棱两可，由香里的语气便不自觉地强势起来……不过最终，她轻轻地长舒一口气，为方才激动的情绪道歉道："对不起，我竟然这么说话……"

"没什么，我习惯了被训斥。"

听到片山的自我调侃，由香里莞尔一笑。

"片山先生，您真是一个温柔的人！"

由香里对片山一会儿褒一会儿贬，一会儿夸一会儿骂……这套"功夫"和晴美简直是一个模子里刻出来的，两个人能合得来也就不足为奇了。

"话说回来，这场聚餐真是盛大！"片山话锋一转，"举办一场这样的聚餐，花费很高吧？剧团的收入很多吗？"

面对片山的疑问，由香里恶作剧般地答道："千百万吧！"

很快她又说："这个数字是赤字哦！"

"赤字？"

"这是肯定的啊。如果是一个月或两个月的长期公演，则另当别论。这次只是两天的演出而已。舞台布景、道具之类的装置，还有演出服，在为期两天的演出之后便不能再使用了。即使上座率再高，剧团也还是入不敷出，一直亏损。"

原来如此，竟然是这样。得知内情的片山，钦佩之情油然而生。即使无法盈利，也为观众奉上了一场场演出——肯定是出于对演艺事业的真正热爱吧！

"可是你们竟然还能举办这种聚餐？"

"因为我们有赞助人。"

"赞助人？"

"嗯。赞助人资助我们，爽快地为我们填补赤字，还为我们举办了这种聚餐。"

"哦？看来那位赞助人也相当喜爱演艺事业哦！"

"并非如此。"

"但这不就……"

"那个人的目标是我。"

由香里平静地开口道。

"你？"

"是的。只要我和那位赞助人幽会，他就会为剧团出资。"

看着目瞪口呆的片山，由香里"扑哧"一声笑了。

"抱歉！你不会当真了吧？"

"啊，确实吓到我了！"片山舒了口气说道，"因为你说得跟真的一样！"

"毕竟我的职业是演戏嘛。"由香里云淡风轻地辩解道。

"那么，真实情况是怎样？"

"确实有赞助人。"由香里微微颔首道，"对方是在我的百般拜托之下，无法推脱，才资助剧团。"

"赞助人是谁呢？"

由香里正打算回答……

"由香里！"

一个尖利的男性声音打断了两人的对话。

片山被突如其来的喊声吓得一哆嗦。不止片山，会场上的其他人——虽然已经没几个人了——也因为这声"由香里"而受惊，连石津都放下手中的食物愣住了。

由香里闻声回头，看清来人的模样后，欣喜地瞪大双眸惊呼道：

"哥哥！"

是一个四十过半、头发已有些花白的中年男子。看上去有些神经质，可能是因为他实在太瘦了，给人一种不健康的印象；又或许是因为他穿着一身笔挺的西装，和这种场合不太适合……

"你来了？"

"你在做什么？"

男子询问时，目不转睛地盯着片山。

"只是聊两句，"由香里边回答边挤出一个勉强的笑容，"这位是……片山先生，是刚刚出演舞台剧的晴美小姐的哥哥。"

"我叫片山。"片山低头打了个招呼，却被对方无视。

"回去吧！"

说着，他抓住了由香里的胳膊。

"哥哥……"由香里欲言又止。

"不回去吗？"

"我……回去。那么，各位，今天辛苦了。"

由香里临走前向大家致谢。

"辛苦您了！"

几个有气无力的声音回应道。

矢坂由香里和那名男子刚走出会场，其他人马上交头接耳起来。

"喂,刚才那人是怎么回事?"片山向走来的晴美询问。

"他叫矢坂圣一,是由香里小姐的哥哥。"

"嗯……真是傲慢无礼的家伙。"

"他对妹妹非常溺爱,不允许别的男性靠近。"

"啊?"

"他可是个大富豪呢!只不过性情稍微有些古怪。"

"岂止是'稍微',明明是'相当'古怪。"

"由香里没办法反抗。说到底,是那个人在支撑着这个剧团的运作。"

"他就是赞助人?"

"对!"晴美肯定地回答道,"怎么?难道你没意识到什么?"

"意识到什么?"

"你真够迟钝的!"晴美无奈地叹了口气,一旁的福尔摩斯也"喵——"地叫了一声。

"啊,我明白了,"片山终于开窍了,"这简直就是今晚的演出情节嘛!"

"的确。由香里小姐似乎也在盘算着,总有一天要斩断与哥哥的这种'牵绊'。可惜,这很困难。"

"真的是！"不知何时，石津竟也走了过来，"因为太爱妹妹而令其陷入不幸的哥哥，真让人头疼。"

片山面色不友善地注视着石津。

"喂，你这番话是什么意思？难道你想说我这个哥哥也给晴美带来了不幸，是吗？"

"没有，这是哪里的话？"

"真可笑。不要把我和那种不明事理的人相提并论！"

我才是因为妹妹而变得不幸的一方啊。遗憾的是，片山只能在心中默想，无论如何都没法开口抱怨。

"喵呜——"

福尔摩斯似乎感受到了片山的悲惨心情，同情般地安慰了一句。

# 1

"城堡"就在那里。

片山一行被眼前的光景震撼得久久不能平复心情，实在无法想象眼前所见是现实中所存在的。

"真的是城堡啊！"

晴美惊叹道。

"城堡！"片山感叹道，"竟然是真实的城堡！"

"喵呜——"

福尔摩斯也惊奇赞叹。

"房租肯定很贵吧！"石津说。

片山收到请帖时，还以为不过是高级公寓而已。

这种想法也在情理之中，任谁都无法想象世界上果真有人住在城堡里吧。

当时他还跟晴美说："就是那个之前说过的叫'公馆'的公寓呗。"

但如果真是公寓的话，位置就很奇怪，因为从地址来看，那一片大概并不是高级公寓区。

恰好今天不是当班日，于是决定亲自来一探究竟。

"天啊，竟然是一座真正的城堡！"晴美不由得惊叹道。

距离城堡，还有一段路程。从海岸开始，低矮的堤坝修筑而成的道路始终延伸着，道路尽头处隆起一座小山丘，山丘顶部赫然屹立着一座巍峨的城堡。

"不管怎么样，我们去看看吧！"

晴美率先从强烈的冲击中清醒过来，她一副好奇心爆棚的模样，站在大家前头开始带路。

"哎呀呀……"片山心想，权当是来了一次远足吧。毕竟自从下了火车，一行人已经步行了好一阵子，好不容易走到海边，却还得再徒步一公里才行。

虽然抬眼就能看见，但那座城堡给人的感觉却像是根本走不到跟前。

这个时节的阳光，一天之内就可以从春日的明媚一下子过渡到初夏的炎热。在午后阳光的照射下，那座石头建造的黑压压的城堡看上去总觉得像某游乐园内的娱乐设施……

之所以给人这般错觉，缘于城堡本身并非日本风格建筑，俨然骑士童话中才会出现的西式风格城堡。换言之，真正古老的城堡不可能存在于这种地方。所以眼前的城堡自然是仿造西式风格建成的怀旧城堡。

就仿造而言，这真是一座了不起的宅邸。

"好像在海里行走一样呢。"石津说道。

"真是的，那个矢坂，果然真是个怪人。"

城堡的主人，所谓城主，就是前面提及过的矢坂圣一。

"嘘！"走在队伍最前头的晴美转头做了个噤声的手势，"这些话可不能让由香里小姐听到。即使他俩之间的矛盾再多，对由香里小姐而言，她的哥哥也是世上唯一的骨肉至亲了。"

"知道了！"

距上次剧团的庆功派对，已半月有余。

晴美没有成为专业演员，而是继续在公司当白领。但倘若她再被花言巧语地引诱一番，未必不会再着了道儿。

"哎呀，那是由香里小姐！"晴美喊道。

城堡近在眼前，略微敞开的窗户已能映入眼帘。站在窗边向下挥手的正是矢坂由香里。

片山总算松了一口气。虽然说出来略显傻气，但只有亲眼目睹城堡里有人居住，片山才能安下心来。

实在是因为……那里看起来不像是有活人居住的地方。


"欢迎各位大驾光临。前几日是我无礼了！"

今日的矢坂圣一与聚餐那天截然不同，颇为热情。

"我哥哥老是那副样子！"由香里以玩笑的口吻解释道，"只要是和我搭讪的男性，哥哥就认为他们都是心怀不轨地把我当作目标，所以不管三七二十一，每次他都像仇视宿敌般地瞪着别人。然后也就过了三两天吧，他便为自己的言行深感后悔了。"

"不要诋毁我嘛。"矢坂圣一苦笑道，"哎……无论如何，还请您见谅。"

"没关系，请不要介怀。"片山回应道。

话说至此，二人之间已经没有任何可以继续的话题了。片山心里隐隐感到不踏实。

"那场舞台剧的其他主演今天也会来！"由香里说道。

"哇，太期待了！"晴美激动地拍手，眼里满怀期待。

客厅很宽敞。

光是这间客厅就比片山家的公寓大多了。石头建造的城堡外观给人粗犷的印象，内部却别有洞天，有一间舒适至极的客厅。

然而房屋的装修依旧是中世纪风格，陈列着极具年代感的装饰物，客厅里立着一套铁制铠甲，四周的墙壁上交错悬挂着刀斧枪剑。

矢坂圣一与参加聚餐时一身西服套装的商务风格迥然相异，今天虽然也穿着板正，却给人以英国贵族般的慵懒印象。他身着绒面上衣，悠闲地躺在沙发上。举手投足，有模有样，让人信服这里原本就是他应该生活的地方，而他不是突然发迹的暴发户。

片山不用解释自己不能喝酒，因为摆上来的还有果汁。石津也吃到了小份三明治，暂时能饱腹。甚至连福尔摩斯也从货真价实的汤盘里舔舐着冰镇得恰到好处的纯牛奶。

一切都令人感到舒心、畅快。怪异的偏偏是片山，心中总觉得惴惴不安。

没有具体的理由，只能老生常谈地归结为人类的直觉。即便如此，片山仍隐约相信接下来将会有事发生。

是的。某些地方是不自然的，有不合理的疑点。如此这般的城堡、如此这般居住其中的人。加上装饰……

室内收拾得井井有条。正因为收拾得过分整齐，所以显得并不自然，人工刻意而为的痕迹非常明显……

无法名状的感觉在片山心里渐渐形成无法言表的焦虑。

"真是一座气派的城堡啊！"片山尝试着说些什么，借此打破内心的焦躁。

这种场合下，也只能说些恭维对方的话。

"还行吧，只要有钱，人人都能做到。"

在矢坂眼里，这样的城堡俨然家常便饭似的，很普通。

"我的情况是，有幸从双亲那里继承了财富。"

"哦……"

"是那种一时半会儿花不完的巨额财富，但是……"他轻轻摇头，"真是无聊之物，金钱这东西说到底……"

针对上述发言，大概没有几个人能真正做到发自肺腑地同意吧。

无可否认的是，矢坂的这番言论并非出于羞涩而推脱的谦虚，听上去确实是他本人的真情流露。

"哎呀……"站在窗边的由香里看向外面，"好像其他人也到了！"

片山跟在晴美身后，也走到窗边看。

从城堡俯瞰海边沙滩，仿佛铺设了一条粗厚的长线，其实是片山一行步行而来的马路。马路上此刻正行驶着一辆车。

是一辆可载七八名乘客的面包车。

"请你们今晚都住下吧。"由香里邀请道。

"嗯，一定。能在这么豪华气派的城堡里住一晚，简直像是做梦！"片山不假思索地应道，"不是噩梦的话，实属万幸了。"

话音刚落，便被晴美用胳膊肘捅了一下。

"喵——"

福尔摩斯在二人脚边叫了一声，声音难得地似乎在表达对片山的赞同。

片山将目光投向海边。

起风了。云层在空中快速翻涌、移动。虽然蓝天尚未被云层完全遮掩，抬眼却可见大片乌云正以肉眼可见的速度似斗篷般黑压压地覆来。

"要下暴雨了吧……"片山刚说完就听到身后有人接话：

“好像是啊！”

片山吓了一跳。是矢坂圣一，他不知何时站在了片山身后，片山竟毫无察觉。

“今夜大概会有一场暴风雨！”

矢坂圣一说道。

事实上，在玻璃杯摔碎之前，可以说这是一个平静、安稳的夜晚。

当时大家正好结束晚餐，聚集在那间宽敞的客厅里，非常自然地分别坐在几张桌子前谈笑笑生。总之，气氛一片祥和。

即使饮了酒，在场的客人也都没有喧嚣吵闹。不喝酒的人也都没有不发一言地尴尬冷场，而是加入了共同的话题，聊得热火朝天。

不知不觉，稍带着连晚餐的氛围也非常热烈了。

“饭菜是我做的，所以味道不敢保证哦！”

由香里半开玩笑地解释说。不过菜肴的味道确实不错。

不仅如此，分量也多。对于这一点，石津甚是感激。

晚饭后，随着赞助人矢坂的离开，融洽、祥和的气氛达到了顶点。

“我还有点儿工作要处理。”

吃完晚餐，矢坂向众人打了声招呼就起身离开了。

毕竟是为活动出资的人，没有他的话会很困扰；但若总在眼前，又多多少少会令人心生厌烦。

"大家听我说！"

有人忽然大喊。

片山原本有些犯困，正坐在沙发上打盹，突如其来的说话声让他倏地睁开眼睛。

"你怎么了，宇田川先生？"水田真子笑着打趣说，"你打算为大家表演《哈姆雷特》里的独白戏吗？"

水田真子是晴美的好友，也是说动晴美出演那场舞台剧的"罪魁祸首"。虽说身形微胖，但动作敏捷，表现活跃，在舞台上是个出挑的女孩。

"没有的事！"宇田川和人身轻如燕地翻身跳上桌子。

宇田川和人是剧团的"王牌"。在那场戏里，宇田川出演晴美的哥哥。

他看上去约莫二十七八岁。他在那场戏里饰演一个苦大仇深、郁郁寡欢、整日愁绪缠身的角色。如今见到他私底下竟是一个身姿轻盈、浑身洋溢着青春气息的青年，这极大地颠覆了片山原先对他的印象。

或许这就是真正的演员吧！

"有个戏剧制片人看了前几天我们演出的那出舞台剧——我和他算是老相识了——他告诉我,想让我们去大剧场演出。"

宇田川刚说完,下面齐齐地发出一片惊呼:

"哇啊!"

"真的吗?"

所谓"齐齐地",不过是在场的宇田川、水田真子以及应该称为"剧团研习生"的四个年轻姑娘——这几个人即便可以登台,也不过是一些几乎没有台词和戏份的龙套角色。

"太厉害了吧!"这次开口的是矢坂由香里,"是真的?"

"当然!"宇田川得意地回答,"我当时回复他说,回去和剧团成员商议商议。所以……大家有什么看法?"

"机会难得,应该去试试!"

研习生中的某个姑娘发表了观点。

"我同意!"

"但是……"水田真子似乎刚回过神来,质疑道,"一旦走上商演这条路,我们岂不是没有登台机会了?"

"这确实是个问题呢!"由香里苦笑道,"如果是不知名的导演和演员,观众是不会买账的。"

"关于这方面,你是怎么谈的?"

由香里刚问完，宇田川就咻地跳下了桌子，说："当然，如果我的同伴没办法登台，我就会拒绝。"

他顿了顿，接着说道："我们演戏并非为了出名成为明星，而是出于对戏剧的热爱，才一起努力的……"

一阵短暂的沉默。

片山心中暗自称赞，真是一段帅气的发言。

然而当"不帅气"的片山面对能说会道之人，潜意识里就会觉得对方甚是可疑。

宇田川和人浑身散发出独特的气场。即使是片山这样的外行人也觉得，这个男人或许终有一天会成为明星。

"那可不行……"水田真子说，"你应该跟对方再谈。"

"对啊！"由香里赞同水田真子的说法。

"什么意思？"

"对方，肯定是想挖你过去。"由香里解释道，"你应该去。以你的才华，本来就不该一辈子守在我们这个小剧团。"

两个研习生姑娘纷纷点头表示同意。

"我说……你们……听我说！"宇田川紧皱着眉头说，"我可不愿意。那部戏，从剧本到排练是剧团全体成员共同参与的，是我们大家的成果，而非我一人之功。"

"我们当中难得有可能就要出一位大明星了……"水田

真子拍了拍宇田川的肩膀，"没道理错过这次机会哦！"

"但是……"

"没有但是，这不挺好的嘛，不要犹豫了！"说着，由香里举起手中装有威士忌的高脚杯。

"我们支持你！"

"支持！加油！"

"加油！"

研习生姑娘们情不自禁地拍起了手。

听了大家的劝说和鼓励，原本犹疑不决的宇田川渐渐红了脸颊。

"所以……是大家的真实想法吗……"他一边说一边环视着每个人的脸庞。

"是啊！成了明星，要邀请我共演哦！"水田真子紧紧拉住宇田川的胳膊。

"谢谢大家！"宇田川缓缓地吐了口气，"假如……我是说假如，我发展顺利的话，这一切都是各位的功劳。"

四周响起热烈的掌声。

晴美不知什么时候站在了片山身边。

"真是感人的场景！"晴美评价道。

"是啊！"

晴美的评价很清醒。确实，细细想来，总觉得眼前这场景有些不自然……

掌声刚停，宇田川再次开口道："我答应大家！我……"

他之所以没有接着说下去，是因为有一个人的掌声还在继续，而且掌声是从客厅的入口处传来的。

"哥哥！"

由香里喊道。

"哎呀，精彩！"矢坂圣一终于停止拍手，走进屋内来，"真的是精彩绝伦的演技！宇田川先生，你很可能真的是天才！"

"谢谢……"从宇田川的表情可以看出他这声感谢说得很违心，"不过我并不是在演戏！"

"是吗？"矢坂圣一给自己的玻璃杯里倒了杯威士忌，"你刚才提到的制作人也跟我谈过了你说的那件事。"

说完，他看了一眼宇田川。

宇田川的脸色苍白了。

"我都听说了。你不是已经签约了吗？"

矢坂的这句话在客厅里引起了一阵骚动。由香里和水田真子似乎一下子明白过来了。

"也就是说，宇田川先生从一开始就打算单独签约吧？"

由香里问道。

"那么，刚才那些算什么？"发问的是一个研习生姑娘。

"是他装模作样的表演而已。"矢坂圣一笑着揶揄道，"为了不招你们恨，于是自导自演了这出感人至深的戏码。"说罢，矢坂圣一将杯中酒一饮而尽，"那么，各位，晚安！"离开前还讽刺地说了一句，"真是一群难得的好伙伴！"

"可恶！"宇田川气急败坏地大骂一声，拿起矢坂圣一方才喝过的酒杯砸向房门方向。玻璃杯砸在紧挨房门的墙壁上，碎了。

一阵尴尬的沉默。

"回去吧。"水田真子开口道，"晴美，你回去吗？"

"我今晚在这里留宿。"

"是吗？那……大家呢？"

真子向研习生姑娘们的方向招呼着，四人互相看了看说："我们……回去。"

"那我们出门吧。搭车的话，我可以开车。"

"不行！"由香里说。

"可是现在的场面着实尴尬……"

"不是不让你们离开，"由香里摇头，"而是回不去，这个时候。"

"为什么？"

"因为没有路。"

水田真子一脸狐疑地走到窗边，俯瞰窗外。

"这是……怎么回事？"

她惊呼道。

晴美也闻声而来，窗外的景象令她瞠目结舌。

沙滩上的路不见了。

那一带都是海水。

"一旦涨潮，海水就会淹没整条马路。"由香里向大家说明，"因此现在这里就是一座小型离岛，既没法开车也没法步行回去，唯一的方式是游泳。可是……"

她看了看窗外的天气，接着说道："今天是大风天气，风高浪急，肯定不宜游泳。"

片山心里生出不详的预感。

当然，没有任何具体的根据，只是感觉似乎将会发生不好的事情……片山低头看了一眼福尔摩斯，正巧福尔摩斯也抬眼看向片山。

"拜托了！"他小声说道，"希望一切平安顺遂！"

## 2

听到了动静，睡着的石津刑警猛然睁开双眼，起身下床。

此处并非笔误，起床的确实是石津。

然而在片山和福尔摩斯安睡的情况下，竟然会发生"石津听到动静而惊醒"的情况？

再怎么说，石津毕竟是刑警（或许某些读者已然忘记石津的刑警身份）。在紧要关头，作为刑警的石津还是会绷紧全身的神经……

咕噜——

原来如此。石津了然地点点头。

原来是肚子饿了，在咕噜地响呢。

若是因为肚子饿，导致石津半夜起床，一切就说得通了。

咕噜——

"真难办啊……"石津嘟囔着。

借着昏暗的光线，石津低头看了看手表。才凌晨两点。距离早饭时间还有五个小时。

咕噜——

根据过往的丰富经验，石津明白，一旦肚子叫嚣，不给它填补些食物是无法安静下来的。

石津在租借的公寓房里经常会囤点儿杯面(当然必定不止一杯)或冷冻食品之类的，都是可以应付到早晨的快餐。

但如今是在别人家里……

说起来，这种人家里会不会有杯面呢?

即便有，站在刑警的立场上，也绝对无法容忍擅自拿取他人食物的不良行为。此刻的石津矛盾、苦恼极了。

咕噜咕噜……

"这样下去可不行!"

石津起身穿衣。

若放任肚子不管，饥肠辘辘的声响恐怕会把整座城堡的人都吵醒。为了防止出现这样尴尬的情形，一定要去找些吃食。

就是如此。并非只是为了填饱自己的肚子，而是为了大家睡得安稳!

安抚了自己的良心，石津走出卧室。

不愧是城堡，楼上一字排开多间客房。

片山、石津和福尔摩斯住一间，晴美和水田真子住一间，此外还有一间小卧室，应该是宇田川和人的房间。

楼下是矢坂圣一和由香里的房间。

四个研习生姑娘睡在客厅。

石津为了不吵醒他人，小心翼翼地——实际上是因为建筑物结构坚固，隔着门几乎听不到任何响动——穿过走廊，走下楼梯。

之所以如此小心，都是因为自己租的那间公寓只要一走动地板就会"嘎吱嘎吱"地响，久而久之，石津就养成了这种习惯。

下了两层楼，石津来到客厅所在的楼层。

咦……厨房在哪个方位来着？

虽说石津是醒着的，但依旧处于半梦半醒之间，加上他本来就方向感不强，这一点和片山不相上下。

"确实是……这边吧……"石津有点儿晕头转向。

"啊！"

与对面那人相撞的一瞬间，石津连忙跳到一旁。

"对不起，是我失礼了。"

"哎呀！"是研习生姑娘中的一人，"您是那位刑警先生吧！"

"不……不好意思……那个，我有点儿弄不清方向……"

"嘻嘻嘻……"姑娘忍俊不禁，"你想偷偷摸摸去找哪位呀？"

"啊？"

"我们四个是裹在一张毛毯里睡的哦，很不方便啊。"

"啊？"

"你找谁？我替你叫她来。"

看来是被误会了。可惜石津这个人，连对方误解了什么都不清楚。

"不用了……也不是找谁……"

"什么嘛！"姑娘吃惊地瞪大双眼，越发误会了，"那就是谁都可以？过分！现在的刑警先生真是的！"

"是吗？"

"算了。我来陪你吧。"她嘻嘻一笑，"去哪里？"

"那个……厨房。"

"厨房？那里可不是浪漫的地方……"

石津压根就不是浪漫型的男人。

"但……也行吧！在实用型场所说不定更能燃烧起来！"

"燃烧起来？"

"是的。好，就在这里吧！"

"但是各家厨房通常都会配备灭火器……"

进来后，打开厨房照明灯。

"真宽敞！"发出惊叹的姑娘随即晃了晃脑袋，以此证明不是在做梦，"我住的公寓比这间厨房狭小多了！"

"是吗？"

"喂，你叫什么名字？我叫澄子。"

"我叫石津。"

"石津先生吗？听起来感觉好硬实呢……"名叫澄子的姑娘在厨房流理台前的椅子上坐下，"喂，你不觉得澄子这个名字像老年人吗？这个名字，我不喜欢。"

"没有的事！"

"当真？你真是个好心人。"

着实是个可爱的姑娘，可惜石津现在心中琢磨的完全是别的东西。

"有了！"石津喜出望外地喊道。

"什么？"

"杯面。"

"哇！在这样的城堡里？真有趣！"澄子也凑近过来，"我说，咱们一起吃吧？有两杯吗？"

"有很多哦。"

"那么我去烧热水。"

中世纪风格的城堡，厨房却是最新式的装修。澄子点燃煤气架上水壶烧起了热水。在此期间，石津打开杯面盖，把各种调料加了进去，做好准备工作。

关于泡面过程的具体描写暂且省略，总而言之，数分钟后，石津和澄子喜滋滋地结合了——哦，不，完全不是这么回事！他们只是友好地一起吃了泡面……

"我说，石津先生！"澄子吹了吹泡面，边吃边说，"你刚才是从三楼下来的？"

"嗯。"

"中途没有遇到什么人？"

"遇到了。你呗。"

"除了我呢？"澄子不怀好意地窃笑，"二楼有由香里小姐的房间哦。"

"是。"

"你在房外没听到什么吗？"

"这里还可以听广播？"

"才不是！我是问你有没有看到什么人进了由香里小姐的房间。"

"谁？"

"宇田川先生哦。"

"不知道。谁知道呢……"石津专心致志地享用着面前的泡面，对其他事物毫无兴致。

"那么，反过来说吧，是由香里小姐去了宇田川先生的房间吗……嗯，这两种情况肯定有一个是事实。"

一番自我说服过后，澄子又开口道："泡面得赶紧吃。"

虽说身形娇小，吃饭速度却不落后，一杯面几乎和石津同时吃完。

"剩下的交给我收拾吧。"

"啊，这太不好意思了。"

石津长长地舒了一口气。

说真话，他吃得并不满足。但即使像石津这样胃口好，在他人的厨房里，还是要避免发生连吃两三杯泡面这类事。

澄子动作麻利地收拾好餐具，扔掉残渣后洗了洗手。

"这样就……好了！这下肚子总算吃饱了。"

"是哦。"

"那么在哪里做？流理台？地板上有点儿凉呢。"

"啊？"

"应该会很刺激哦。"

澄子的嘴角挂着狡黠的笑容，接着迅速脱掉身上的T恤。石津终于明白眼前是怎么回事了！

"我……我说……我从来没这个打算……"

"诶？可是……"

上身半裸的澄子不明所以地望着石津。

"不是，毕竟这种事是不道德的。"石津倏地挺直腰板，例行道了句"晚安"，匆匆离开厨房。

"这……到底算什么嘛！"

澄子目光呆滞地伫立在原地，半晌，嘴里吐出一句"真傻！"，重新套上T恤。

"来这里竟然只是为了吃泡面！"

澄子这一会儿与其说感到火冒三丈，不如说感到滑稽，不由得笑起来。

那个人，单纯得很可爱呢。

赶紧睡觉吧……就算没有男人也能入睡。

澄子耸了耸肩，走出厨房。

"啊，对了。"

灯还没有关。

澄子转身返回按下关灯键，正打算回到对面的客厅……

眼前冷不丁地竟站着一个人，吓得澄子下意识就要喊出声来。脑海中霎时闪过一个想法——可能是石津在等着自己。但事实并非如此。

人影冷不丁地向澄子扑来。

澄子被推倒在地。甚至无法出声呼救……

太荒唐了！

石津一边上楼一边捂着胸口。他的心脏还在"扑通扑通"跳个不停。

当真过分至极。如果被晴美小姐得知今晚的事……

"绝对不行！"

石津嘴里嘟囔着，摇了摇头，不敢再想下去。

不过，事实上两人之间什么也没发生，这算是好的一面吧？然而万一在那个地方被什么人看到了……

即使到了这会儿，石津依旧心有余悸。

算了，赶紧躺回床上接着睡吧。

石津上了三楼，来到走廊。

有人！

石津察觉到身后的脚步声，准备回头看。

他没有意识到危险正在逼近。

"咚——"

后脑勺被击中，石津顿时无力地晕倒在走廊上，失去了意识。


"喵呜——"

咦？晴美睁开眼睛。

148

她从床上坐起，侧耳倾听着。

"怎么了？"

询问的是隔壁床的真子。

"啊，抱歉，吵醒你了。"

"没关系，"真子坐起来，"晚睡惯了。睡不着吧？"

"不是……刚才好像听到了猫叫声。"

"难道是你家的三色猫？"

"嗯，难不成……"

"喵——"

又传来了一声猫叫。

"果然！"晴美穿上拖鞋下床，"我开灯了哦。"

"嗯，开吧。"

晴美开灯打开房门，只见福尔摩斯端坐在门口。

"怎么了？果然在男性的房间里没法睡觉吧？"

"喵——"

看来并非如此，福尔摩斯似乎没有进房间的打算，而是想朝楼梯方向跑去。

"到底怎么回事？你在找厕所？"

"喵呜！"

"知道了，你别发火嘛！"晴美揉了揉睡眼，"人类啊，可不会像你这样说醒就突然醒了。"

"晴美，你可真有趣！"眼前的一幕惹得真子直发笑。

时间紧迫，晴美仓促地穿上裙子和衬衫，来到走廊上。

"楼梯上有什么东西吗？"

晴美刚发问，就收到福尔摩斯投来的一记白眼。

"不好意思，失礼了……"她乖乖噤了声，顺从地跟在福尔摩斯身后。

晴美跟随福尔摩斯停在了楼梯口，瞥见楼下有个身影在移动。

什么东西？

晴美低下身子，从缝隙中偷偷观察楼下。

楼下应该是矢坂圣一和由香里的卧室。

"发现什么了？"真子跟过来开口询问道。

"嘘！低头！"晴美神色紧张地提醒道。

"嗯？"真子摸不着头脑。

其实也不能怪真子，毕竟对这种情况，她是外行，当然没法快速进入警戒状态。

"喂，是晴美吗？"

"楼下的人影"开口问道。

"什么嘛，竟然是哥哥。"晴美失望地叹了口气，"真没劲！"

"真对不住。"片山沿着楼梯走上来。

"你刚才在做什么？"

"还不是福尔摩斯这家伙一直在喵喵地吵。另外……石津不见了。"

"石津先生吗？"

"嗯。我在楼下找了一圈，没有任何发现……"

"但是太奇怪了吧？石津先生竟然莫名失踪了。"

"他这个人，不必担心。"片山边打哈欠边说。

"若真如此，为什么福尔摩斯要来叫醒我？"

"嗯，说得在理，可是……"

这时，真子满脸好奇地凑过来问道："你们在聊那个大块头刑警？难道他不是去客厅了吗？"

"客厅？"

"里面睡着四个如花似玉的研习生姑娘哦！"真子狡黠地抿嘴一笑，"那个人是单身吧？就算四个人一起……"

"打住！"晴美仿佛闹情绪般地说道，"那个人不会做出这种事的！"

"哎呀……"真子颇感意外，"晴美和那个人不会……"

"倒也不是……"

"那你刚才为何如此较真?"

"你别阴阳怪气了,我和他仅仅因为工作关系,有些交集而已。"

"当真?可是听你的语气,根本就是对他有意思呀!"

"喵呜!"

福尔摩斯好像颇为焦急地叫了一声。

"对了,他是石津,必定是肚子饿了,去哪里填肚子去了!"片山展开了他的经典推理。

"啊,确实。那么,你查看过厨房了吗?"

"还没有。"

"为什么?"

"因为……"片山支支吾吾。

"啊,我明白了。"

一旦不慎误入四个姑娘睡觉的客厅,片山恐怕会晕过去。

"那我们一同去厨房吧。"

于是片山、晴美和福尔摩斯,以及贴身跟随的真子,一行人蹑手蹑脚地走下楼梯。

"好像是这边。"晴美走在前头说道。

进了厨房,晴美打开了灯。

"石津先生铁定在这……"

话音戛然而止。在场的四位目瞪口呆，动弹不得。

一个年轻姑娘倒在厨房地板上。

"是澄子！"真子尖叫道。

片山深吸一口气——你是刑警！有点儿出息！

"这是……澄子小姐？"晴美问道。

"嗯，她曾是研习生里最开朗的一个。不过前段时间的那场演出她并没有登台。"

只能用"曾是"这样的词来形容她了，任谁都能一眼看出，她已经死了。

片山走近蹲下身子，轻轻地把卷上去的T恤放下来。

"哥哥，她……死了？"

"嗯，是被勒死的。"

"找块东西给她盖上吧。"

"我……我去拿条床单！"

"拜托了。"

真子二话不说，连忙跑去取床单。

片山无可奈何地叹了一声："我还以为这个晚上不会有事发生。"

"但……凶手是谁？"

"谁知道呢。"片山摇了摇头。

澄子的下半身裸露着，是被凶手强暴后勒死的。

"石津先生在哪里？"晴美忽然回过神来问道。

"他那个人，不会有事的。比起寻找石津，咱们应该先报警。"

"好。"晴美点头同意。

"电话呢？"

"这里有电话吗？我去叫醒由香里小姐问问她。"

"就这么办。"

晴美踏上楼梯，往由香里的房间走去，正好与手里拿着白色床单返回的真子擦肩而过。

"这条床单可以吗？"

"多谢，盖的时候动作轻一些，现场可能有证据留下……肯定有！"

"太恐怖了……"

真子后知后觉，似乎此时才感觉到害怕，脸色铁青，稍稍往后缩了缩。

"事情变得糟糕起来了。"

片山眉头紧锁，脸色苍白。

"刑警也害怕？"

"当然。"片山回答道，"虽然不是每个刑警都害怕。"

盖上床单，暂时看不到惨状了，片山稍微放下心来。

究竟……是谁下此毒手？

首先，罪犯是男性。使用排除法，只有城堡里有限的几名男性。

矢坂圣一和宇田川和人。

当然，片山明白自己也在男性之列。

对了，还有一人也应该在这个行列里……

"哥哥！"片山听到晴美的喊声。

"怎么了？"

"你过来。"晴美伸手招呼片山上去。

片山顺着楼梯上行。

"到底怎么了？"

"是……"

由香里这时出门来到走廊上。

"发生什么事了？"

"楼下……"晴美说道，"澄子小姐被杀害了。"

"你说什么？"

由香里走下楼梯。

"你快过来！"晴美拉住片山一个劲儿地往前走。

"到底怎么了？你究竟在搞什么鬼？"

"我听说矢坂先生的房间有电话，就敲了敲他的房门，但是一直没人开门。我想试着推门看看……"

就在晴美推开矢坂卧室房门的一瞬间——

"呀，我可糟罪了！"

竟然是石津站在那里。

"你……在这里干什么？"

"片山先生！还有晴美小姐！"

"石津先生！发生什么事了？"

"抱歉，让你们为我担心了。实际上我被坏家伙揍了。"

"你被揍了？"

"是的，就在走廊上。"

片山和晴美面面相觑。

"这里可不是走廊，这里是矢坂先生的卧室。"

"啊？"石津惊讶不已，"真的！怎么会这样？"

"谁知道！矢坂呢？"

"不知道，我……"

"石津！"晴美说道，"看看你身后……"

片山也伸着脖子看去。

地板上躺着的正是矢坂，胸口被深深地插入一把类似菜刀的凶器。

"哥哥……你起床了？"

由香里走进来问道。

"由香里小姐！"

晴美慌忙拦住由香里。

"怎么了？"

由香里的脸上慢慢呈现出不安的神色。

片山的脑中混乱不堪。可疑事件一幕幕浮现在眼前，他却毫无头绪。

## 3

窗外狂风暴雨。

东方露出鱼肚白。海边本应已退潮，但因风暴仍在肆虐，沙滩上的道路依旧淹没在海水里。

"电话……根本打不通。"由香里走进客厅，"好奇怪，好像出故障了。"

"真是头大。如此一来，我们只能束手无策。"

片山眺望着窗外，绝望地说道。

所有人都起床了，大家聚在客厅里。

当然，每个人都沉默着，不发一言。

"难道就这样算了？"打破沉默的是宇田川。

"什么意思？"由香里转头问道。

"罪犯啊！就这样放任不管吗？"

"绝对不会放任不管。"片山安抚道，"前提是我们必须知道罪犯是谁。"

"凶手是谁不是显而易见吗？"宇田川出言反驳，"就是那个身材魁梧的刑警！"

石津老实地坐在角落，听到自己被点名，先是身体一震，又惭愧地低下了头。

晴美登时起身从沙发上站起来，朝宇田川走过去。

"怎……怎么了？"宇田川身子微微后仰。

"请您再说一遍试试！"晴美厉声威胁道，"信不信我立马把你从窗户扔出去！"

"喂，冷静点儿！"片山说道，"现在最重要的是先和警方取得联系。"

然而，客观来看，片山明白石津现在是有嫌疑的。

如果当时石津先是杀了澄子，又将目睹案发现场的矢坂追赶至卧室杀害……后来矢坂在被刺中的同时打到石津头部，致使石津失去意识晕倒在地……

这种推测，无可厚非。

片山他们却坚信事实并非如此。

他们拥有无法向法庭出示的无罪证据，却是最可靠的证据——信赖。

无论是片山还是晴美，都深知石津不会做出这种荒唐行径。由此一来，剩下的男性只有宇田川了。

"那里什么时候才能通行？"

片山望着窗外的海发愁。

"这种天气，没办法过去的。"由香里回答。

即使痛失兄长，也表现得非常坚强，这可能就是拥有自己事业的女性才有的强大心理。

"眼下只能等待这场暴风雨停下来，"片山说，"请各位回房吧。"

"好。"由香里率先配合，起身离开客厅。接着，宇田川也离开了。

"我呢？"真子询问。

"抱歉，请你也待在房间里。"晴美回复道。

"嗯，好！"真子完全没有表现出生气的模样。

"你们几位能和水田小姐待在一起吗？"片山说罢，三个研习生姑娘一齐松了口气，很快听从片山的吩咐，跟真子一起走出了客厅。

"哎呀……"片山摇了摇头，试图保持清醒，"真是服气了！"

"对不起。"石津垂头丧气地说，"都怪我吃泡面……"

"没关系！"晴美把手搭上石津的肩膀安慰着，"不是石津先生的错！"

"喵——"

福尔摩斯似乎也在鼓励（或许真实情况是在嘲笑）石津似的，温柔地叫了一声。

"大家都是善良的人……"石津感激之余，眼泪汪汪地说，"我好幸福！"

"喵——"

善良的人？难道我没有功劳？

福尔摩斯本想质疑石津把自己排除在人的行列之外，但是能让患有恐猫症的石津感动到这种地步，也许福尔摩斯早就不再是普通的猫了。

"喵呜——"福尔摩斯的这声猫叫相较于以往，稍稍变了音调。

"是啊。"晴美开口，"福尔摩斯所言极是。"

"说什么呢，突然一下子……"

"咱们这般无所事事地坐着也不是个事儿。在这场暴风雨结束之前，我们还是得行动起来。"

"所以，我们要怎么做？再睡个回笼觉吗？"

"笨蛋！"

"没错。"听石津说话的语气，他似乎已经基本恢复元气，"首先，得吃早饭吧？"

片山和晴美两人同时意识到，没必要担心石津的状态了。

"你是说……澄子小姐是想在这里……"晴美难以置信地望着眼前的流理台。

"的确如此，"石津点头回应，"但是请你们务必相信我！我绝对没有做那种龌龊之事。我若有背叛晴美小姐的行为，还不如砍下我一条、两条甚至三条胳膊！"

"你有三条胳膊吗？"

"哥哥，不要取笑他！"晴美皱着眉头说道。

三人此刻正在厨房。毫无疑问，盖着床单的尸体仍在地板上原封未动。

石津也在心绪彻底平静下来之后向片山他们一五一十地讲述了昨天夜里发生的事。

"我们相信石津先生绝对不是经受不住诱惑的人。"

"非常感谢！"石津如释重负般舒了口气。

"但是，私生活相当乱啊！竟如此简单地……"

"哎呀，也要看面对的是什么样的女孩！并不是说这个世界乱套了，而是剧团本身就是人们聚集而成的群体，鱼龙混杂。"

"这一点我深有体会。"片山摇摇头，接着问道，"所以石津你接下来是怎么应付的？"

"啊，我明确地拒绝了引诱，上楼离开。"

"那么你是在哪里被打的？"

"走廊。"

"二楼走廊？"

"不是，更上面一层，是卧室所在的楼层。"

"所以你是到了最高层？"晴美皱紧眉头，"你在那里被打了？"

"对不起！"

"你不必道歉，只是……"

若如石津所言，那人殴打石津之后，把他挪到了楼下矢坂的卧室，这可绝非易事……

"如果想嫁祸石津而做出这种事，姑且还能理解。匪夷所思的是，他为何连那个姑娘……"片山突然灵光乍现，"喂，等一下。杀害澄子和矢坂的未必是同一个凶手！"

"我也这么想。"晴美点头附和，"当然，两起案件之间可能存在某种关联，但凶手不是同一人的可能性还是有的。"

"澄子不是简单遇害，而是遭侵犯后被害。"片山叹了口气，接着说道，"如果马上做鉴定，大概就能查出凶手的身份。"

"没办法啊。这种条件下能找到凶手，必须是名侦探。"

片山心里暗自念叨：我可不要做什么名侦探。比起当名侦探，我只想平安渡世。

话虽如此……

"喵——"

福尔摩斯发出奇怪的叫声。

"什么事？"

"喵——"

福尔摩斯的叫声让众人不明所以。

福尔摩斯的目光投向躺在地上被白布覆盖的尸体。

"有什么不对劲的地方吗？"片山也看向了尸体，"并没有什么可疑之处啊……"

诚然，只是一具普通的尸体——虽然这种说法不大妥当，即使案件非常蹊跷，躺在地上的也只是一具尸体。若是这般盯着看，就算尸体偶尔动起来……

就算动起来？

"哥哥……"晴美怔怔地喊道。

"嗯？"

"我的眼睛……或许是出了什么问题？"

白色的床单在动！一阵沙沙的声响过后，尸体缓慢坐起身来……

恍惚间，片山以为进入了吸血鬼城堡。大蒜呢？十字架在哪里？

只见"尸体"蓦地抬头起身，接着用手一下摘掉了盖在身上的布。

"真子！"

晴美难以置信地瞪大双眼惊恐地喊道。

水田真子眨了眨眼睛，茫然地坐在原地。

"我……发生什么事了？"

"你还问什么事……你在这个地方做什么？"

"我不知道，因为……"

真子侧眼看了看白色床单，终于明白此刻自身所处的状况。

"啊！"

真子尖叫着跳了起来。

"我们也被你吓到了呀！"晴美说道，"你不是应该在楼上吗？"

"我一个人下来的，因为口渴。我本不想来这里，但是为了喝水，没办法。"

"那你为什么……"

"我进入厨房后，感觉身后有人……转身之际，腹部就被袭击了，一下子便失去了意识。"

真子按了按腹部周围，表情痛苦。

"没事吧？"

"没事，已经疼得不厉害了。但是也太过分了，竟然让我躺在这种地方！"

此时片山却想到了另一个疑点。

"喂……问题是……尸体去了什么地方？"

"说的也是啊……"晴美东张西望向周围看着，"好像不在这里……"

太荒谬了，不可能是出去散步了吧？

"究竟是怎么回事？"片山烦躁起来。


"没找到！"

片山无奈地叹了口气。

"找不到！"晴美也失落地摇摇头。

"太诡异了！"石津也发出一声感叹。

三人正在城堡中来回搜寻一具尸体。

"怎么回事？"有人问话。

是由香里下楼走过来。

"我们在找东西……"片山回答。

"这样啊。现在已经是上午九点了。虽然早就过了早餐时间，但我觉得大家应该饿了，会想吃点什么吧，就下楼来了。"

"说得是啊！"石津同意。

"现在如何是好？"由香里问道，"那间厨房，现在不大能用吧？"

片山和晴美对视一眼。

"不碍事，"晴美说，"尸体不见了。"

"不见了？"

"大概是出门了。"片山神情认真地说着。


由香里在厨房里一面做着小食，一面听片山他们讲述着。

"太诡异了。"她摇头道，"有没有可能尸体被偷走了？"

"确实有可能。"片山接话说，"那种情况下，通常尸体身上都会残留很多证据，足以推断出凶手的身份。至于尸体是被藏匿了还是遗弃了，目前尚且难以判断。"

"这样啊……但是这里的男性，除了您和石津先生，只剩下宇田川先生了。"

"我明白。"片山沉思片刻后，问道："这个城堡里有密道或者暗室吗？"

"怎么可能！"由香里哭笑不得，"又不是真正的古城堡。这里是新造的建筑，没有我不知道的地方。"

在片山看来，由香里的这番话言之有理。

"终于做好了！不过……在这里用餐还是不大适合吧？我们去客厅吧。"

"我来帮你。"说着晴美帮忙把煎培根鸡蛋和三明治端到了客厅。石津也欢天喜地地来帮忙了。

宇田川和三名研习生姑娘也来到客厅，终于，客厅里的气氛热闹了一些。

"喝杯咖啡吧……"

由香里为片山倒满咖啡，片山端起杯子"咕嘟咕嘟"一饮而尽。

"喵——"

"啊，抱歉。给您应该准备牛奶，对吧？"

福尔摩斯似乎也不大爱喝咖啡。

"风依旧刮得很猛呢！"一个研习生姑娘走到窗边，看着窗外叹道。

"浪呢？"晴美问道。

"很高，完全看不见那条路。"

"是吗？"

"这里真高啊。若是从这里掉下去，得多恐怖啊！"

此话确实不假。这座城堡本身就建在一座高高的山丘上，因此四周全是海。

"等等……"片山喃喃自语道。

假设把尸体从这扇窗户扔下去会出现什么情况？尸体应该会被海浪卷走，然后随着水流冲到某个地方吧。

若迟迟找不到尸体，想要查出凶手就难上加难。犯人之所以偷走尸体，意图很明显。

"请大家听我说！"由香里发话了，片山从思绪中回过神来。

由香里认真环视着面前的每一张脸说道："我，我有话想和大家说。"她缓缓说道，"我……近日便会和宇田川先生成婚。"

有一阵子，谁都没开口。

并非因为惊讶而不发一言，而是因为不知道该如何回应。

毕竟由香里刚刚痛失兄长，实在无法对她说出"恭喜"这样的祝贺之词。

晴美率先站起身来祝福道："祝你们幸福！"

三名研习生姑娘如释重负，窃窃私语起来。

**4**

"某种意义上，可以说是幸运的。"片山说道。

"什么幸运？"晴美正坐在客厅的沙发上低头沉思，片山的话让她疑惑地抬起头来。

"矢坂圣一死亡这件事。若他在世，肯定不会允许宇田川和他妹妹结婚。"

"确实如此。说到底，兄长这种生物真的很唠叨呢。"

片山仿佛被点到名，尴尬地干咳两声。

"不管怎样，宇田川这个人会成为明星的，一定会！"

客厅只剩下片山他们。大家又都回到楼上的房间了。

"话说回来，本来他们就是恋人关系吧。"石津说，"那个叫澄子的姑娘曾经提过。"

"石津先生……"晴美满脸惊讶，"那个孩子知道他们的关系？"

"对啊，似乎大家也都知情。"

"如此说来……"片山若有所思，站起身走到窗边。

"你在干什么？"

"没事。我猜测尸体会不会是从这扇窗户被扔下的……"

"我也思考过这种可能性，只是现在死无对证。"

"当真死无对证？现在退潮了。即使还有海浪打过来，充其量不过是小浪花，这种程度应该没办法轻易冲走尸体吧？"

"但是……"

"等一下！"片山一边注视着正在打盹的福尔摩斯一边进行推理，"石津是在三楼遇袭的。为什么？为什么杀害澄子的家伙特意爬上三楼袭击石津？"

"喵呜！"

这声猫叫宛如在称赞片山思路正确。

"确实。据石津先生所言，当时他把澄子单独留在厨房后自己上了三楼，随即遭到殴打。换言之，凶手是在杀害澄子小姐之前袭击石津先生的。"

"那样做的原因是什么？"

"不清楚，不过三楼住着哥哥、石津、我和真子……"

"谁单独一间？"

"宇田川先生。"

"这就没错了！殴打石津的人一定是矢坂由香里。"

"为什么？"

"矢坂由香里绝对进过他的房间。相反，若宇田川去由香里的房间势必会不安全，会有被矢坂发现的风险。"

"有道理。当她从宇田川先生的房间出来，准备下楼回房时，不巧石津先生正好上楼……在她眼里，若被石津先生撞见会很麻烦。"

"研习生姑娘们即使知道她俩的关系也选择保持沉默。一旦矢坂知情，断了剧团的资金资助，她们就无法待在剧团从事表演了。"

"问题是，若被石津先生发现，事情就难办了……"

"肯定，于是当时随便抄起手边拿得动的东西，比如装饰花瓶，袭击了石津……"

"那么，之后发生了什么？"

"由香里下楼返回自己的房间。但是矢坂圣一肯定知道了他们的事情。"

"我赞同。没道理不知情。"

"她肯定也对之前哥哥在众人面前戳破宇田川签约的举动而怀恨在心，二人争吵起来……"

"等等！"晴美开口打断道，"那么说来，澄子小姐又是怎么回事？"

"这个嘛……还真串不起来呀……"片山百思不得其解。

"如果加害她的是另一个凶手……但是，说不通啊。如果是这样，是谁强暴了澄子小姐？"

"这样啊。宇田川和由香里……"

"哥哥，是你做的吗？"

"住口！"片山生气地呵斥道。

"喵——"

"你可别一脸事不关己地在一旁看好戏！"片山气得吹胡子瞪眼睛，"你赶紧为我解释两句吧！"

"喵——"

即使福尔摩斯想为片山辩白，奈何作为一只猫，它只会喵喵叫。

猛地，福尔摩斯抬起头。

"似乎楼上有线索！"晴美顺着福尔摩斯的视线抬眼往上看着说道，"二楼？那么是……三楼？……还要更上面？"

"喵呜——"

福尔摩斯应了一声。

"但是……"

片山站立起来。

"我明白了！"

"明白什么了？"

"你在之前的那场演出里是往哪个方向逃跑的？"

"什么意思？"

"那场舞台剧！你是在哪里被追上的？"

"城堡的顶部。"晴美想起来了，"对呀，那里还没有
搜查过！"

"去看看！"片山起身作势往外走。

"稍等一下！"晴美一副若有所思的模样，然后说道，
"我一个人去！"

"为什么？"

"在那场舞台剧里，也是我一个人去的。"

晴美回答道。


刚踏上堡顶，便是一阵狂风呼啸。大风扑面而来，直吹
得晴美眯起了眼睛。

周围没有搭建任何用于遮风避雨的装置，风势强劲，理
所当然。

这是一片被城墙围住的狭窄区域。光是寻找出口就费了
一番工夫，最终总算找到一扇小小小的侧窗。

"这里什么都没有！"

看着眼下一览无遗的这片区域，晴美的眼神中充满失望。

"喵——"

福尔摩斯对这种地方有点儿不习惯，但依旧勉强自己"赏脸"跟了过来。

"尸体没法藏在这么狭小的空间，万一被藏在某处……"

说话间，福尔摩斯迈着小碎步走到城垛处，停下脚步。

有一条绳子。绳子是绕在城垛上的。

晴美疾步上前探头往下看。绳子的末端系着一个塑料袋，悬挂着某个体积颇大的东西。

"就是它！"晴美说道，"这样弄，我们怎么可能找得到嘛！"

只要一涨潮，下面就会立刻被海水淹没。只需等待下次涨潮时割断绳子，便万事大吉了。

"得去叫石津先生过来，需要他把绳子拉上来。"

晴美正要返回，又停了下来。矢坂由香里正站在她的面前。

"被你找到了啊……"由香里语气平静地开口道。

声音淡淡的，似乎下一刻就会被风吹散。

"杀害那个女孩子的……"

"是我哥哥。"由香里说。

"你哥哥？"

由香里点点头说："是的。哥哥知道了我和宇田川先生之间的事情。所以大家留宿的时候，我虽然没有进宇田川先生的房间，但是昨晚……"

"因为签约那事件？"

"是。在那种情况下，任何人都会签约吧。而且，明明他是为了避免伤害大家的情谊才说出那番话……这份心意却被哥哥糟蹋了！"

由香里做了个深呼吸，接着说道："后来我和哥哥大吵一架，然后……我大摇大摆地走到宇田川先生的卧室门口。这一切，哥哥都看到了……"

"那么，你哥哥……"

"他目睹了澄子小姐勾引石津先生的全过程。一想到我被宇田川先生抱在怀里，他就怒火中烧……"

"于是他袭击了澄子小姐……"

"哥哥是个异常较真的人。若是平平常常地发出邀请，澄子一定会答应哥哥的……肯定是哥哥太粗暴了，遭到了反抗，两人扭打时……"

"我懂。"

"我从他的房间出来后下了楼。当时险些被石津先生看见，于是从背后偷袭了他。"

"他的头结实，没事。"

晴美替石津保证道。

"我一下楼就看到哥哥元神出窍似的呆站着……而澄子小姐已经死了！我当时惊恐万分……"由香里表情痛苦地摇着头，"我哥哥突然冲进厨房，拿起一把菜刀往自己的胸口插去。事出突然，我根本来不及阻拦。"

"他……自杀了？"

"等我回过神，对眼前的一切惊愕不已。"

"然后你是怎么做的？"

"我把宇田川先生叫来，商量接下来该如何是好。一旦被外界知道哥哥强暴一名女子并将其杀害，宇田川先生好不容易获得的机会便会化为乌有。于是……我们想到了石津先生，便伪造了现场嫁祸他。"

"但是总有一天会真相大白。"

"嗯。我们原本计划无论如何也要把澄子的尸体隐藏一段时日。"说着，由香里自嘲地笑出声，喃喃自语道，"到头来还是摆脱不掉我哥哥啊……"

晴美听到了最后这句轻声悲叹，同时意识到周围变得风平浪静了。

俯瞰大海，一条道路赫然可见……

## 尾　声

帷幕落下，剧场中掌声雷动。

"好精彩！"

四周传来女观众们的喝彩声。

"那个主演完全看不出来是新人。"

现场也有啧啧称叹的男性观众。

"大获成功！"晴美说。

"的确如此。"片山也边拍手边赞同。

那部舞台剧在大剧场首演了。

主演是新人宇田川和人……

"喵呜——"

福尔摩斯好像也很满意。

那个事件并未在社会上引起多大关注。

严格来讲，由香里犯下了多起罪行，只是片山未曾打算一件一件告发她。

宇田川之所以能获得如此成就，幕后的最大功臣就是由香里，这一点毋庸置疑。

演出结束后，片山走到大厅，看到人流涌动，就打算暂时等在一旁，等人少的时候再离开。

站着出神之际，由香里看到他，走了过来。

"片山先生！"

"呀……恭喜！"

"多谢。感觉如何？"

"堪称杰作！"

没想到说这话的是石津，引得大家忍俊不禁。

"对于之前袭击您的事，我很抱歉。"

由香里向石津道歉。

"不，比起被引诱，我觉得挨打更好。"

"这家伙真是个怪胎！"片山评价道。

"晴美小姐，你还想再登台表演吗？"

"啊？我吗？"

"嗯。这个剧团，我会踏踏实实地努力经营下去。虽然因为哥哥挥霍无度，钱没剩多少了，但今后如果踏实经营，还是能撑下去的。"

"太棒了！那我演什么角色？"

"需要商议。也有适合石津先生和片山先生的角色哦。还有福尔摩斯……"

片山却想赶紧从这里逃离。

再看福尔摩斯……

这位正把胸膛高高挺起，那表情仿佛在说：不是主角我可不演……

"知道你的意思了！"片山总结。

"喵呜！"

福尔摩斯迅速作出了应答。

# 爱的花束

拿在手里的那一刻，就感觉那只信封哪里不对劲。

"总觉得有点儿奇怪呀！"冈田成子小声嘟囔道。

"怎么了？"

坐在冈田成子对面办公桌旁办公的原文江抬头问了一句。

"没怎么，但是……总觉得这封信有点儿……"

"不是报名申请表？"

"应该不是。"

"还没拆开看吧？你怎么知道它不对劲儿？"原文江笑着说道，"我说成子小姐，难道您有透视眼？"

"诶？"

冈田成子有些困惑，因为她把"透视"误听成了"投资"，但很快反应过来。

"啊，我哪有……我不是说内容。你看，一般来说，人们寄信的时候，不管是贴邮票还是填写收信人地址，都是写在规定的位置上吧？可是这封信，处处让人觉得有偏差。"

"哦……就这些？"

文江是个大大咧咧的女孩，对这样的事，好像很难一下子抓到要领。

"会是什么呢？恐吓信？或者是写给成子小姐的情书？"

"怎么可能！"成子笑着说。

当然成子其实没有把这件事情看得很严重，只不过像现在这样，两个女孩在夜间事务所加班，哪怕只是遇到鸡毛蒜皮的小事，如果不顺便聊点儿什么，也太沉闷了。

成子拆开了那封信的封口，从中抽出一张普普通通的信纸、展开，快速浏览了一下。

"好讨厌！"

文江听到成子的话，抬起头来问道：

"是什么？真的不是报名申请表？"

"不是……"成子反复看了几遍，问文江，"你要看吗？"

"当然，给我看看？"

文江从成子手里接过那封信读起来。

她们现在所处的地方是位于市中心某栋租借大楼三层的"K婚庆中心"，也就是所谓的婚姻介绍所，但业务并不仅限于给前来提出申请的人寻找结婚对象，也积极地向单身的男人和女人发出邀请，请他们参加派对，目的是增加两性见面的机会。还有诸如"本市婚礼场所观光游"之类的活动，以及为了宣传"好的结婚对象要从学生时代下手"而组织的"名校联谊会"等活动。

总之，用该中心社长的话说就是，如果只会说些"帮您找到结婚对象"这类传统的广告语，根本竞争不过同行的大企业，因此社长打出的口号是："早下手，盯紧喽！"

这种努力确实获得了一定的效果。毕竟说起来，这家婚庆中心的办公室不过是狭窄的一隅，在这里干活的人统共只有冈田成子和原文江两个人而已。除了发工资那天，她们在其余时间里几乎每天都像今天这样加班到夜间很晚。如果不加班，活儿根本干不完。

成子和文江这两个姑娘，按照当今社会上的标准，算得上踏实肯干的女性。单凭这一点，她们的社长就应该好好感谢她们。可是看看开给她们的工资，根本体现不出任何谢意。在这一点上，她俩的意见达成了一致……

"什么啊，这是……好恶心！"文江皱着眉头说道。

这是一封以令人不适的神经质语气和纤细的字体潦草写成的信。

"贵社的工作是亵渎神圣爱情的可耻行为。应立即停止。否则神灵将会降下愤怒！"

仅此而已。当然，没有署上寄信人的姓名。

"这世上还真有这种奇葩哦！"成子一面继续整理报名申请表一面说道，"对了，你跟S宾馆的宴会负责人联系好了吗？"

"诶？"

文江的注意力被那封信吸引住了，听了成子的问话，呆了一会儿才说："啊，对了，还没呢。倒不是我忘记联系，而是我打电话的时候对方不在，出门了。"

"是吗？那你记着明天再打个电话试试吧。"

她们两个，冈田成子是前辈；成子今年二十九岁，独居，住在公寓里。

"这东西怎么办？"文江一边问一边把信还给成子。

"先不管它。这种事情要是——在意起来，工作就进行不下去了。"

"可是……"

文江比成子小两岁，今年二十七岁。不过，相比之下，成子是给人感觉与年龄相称的熟女，而文江则因为身材小巧，加上肉嘟嘟的娃娃脸，看起来显得年轻得多。

甚至用"可爱"来形容她也不为过。

"你不是一个人住，所以大概还不明白吧。"成子重新打开那封信边看边接着说道，"真的会有男人半夜三更打电话过来哦。那样的情况如果——认真对待起来，就没完没了啦。所以，这封信也是同样的情况吧。"

"可是……"

"没事啦！"成子微笑着说，"要不，这样吧，我住的公寓里有当刑警的，他为人很好。我拜托他查查这封信。"

成子说着，把信纸装回信封，打开抽屉，拿出自己的手包，把信件装进手包。

"这样总行了吧！"成子看了看墙上的钟表说，"接下来呢……要不要去吃饭？"

"我嘛……今晚约好了回家吃饭的。"

文江显出有点儿过意不去的样子说：

"很抱歉……"

"这有什么好抱歉的！哎呀，这么说来，你是不是有什么事？没关系的，你手头的工作，放到明天再做也行。"

"不是这样的……"文江摇了摇头说，"时间方面没问题。您快去吧，快去吃饭吧！"

"真的可以吗？"成子有点儿拿不准了，"那么，我大约三十分钟后就回来。"

成子说着，拿出了钱包，站起身。

"您慢慢吃。是去那家荞麦面店吧？"

"嗯，应该是。不过最近他们家的味道不如以前好吃了。"

成子说了声"一会儿见"，轻轻地挥手，走出了办公室。

文江支棱着耳朵，听着成子没坐电梯而是走楼梯下楼的脚步声渐行渐远，然后看了一眼墙上的钟表，又看了看自己腕表上的时间。

"应该已经来了呀……"

文江有点儿不安地自言自语道。这时，仿佛是对她的自言自语的回应，桌上的电话响了。

"您好！"文江飞快地拿起电话接听，"啊，我在等着你呢！……在哪儿？嗯，没事，就我一个人在……你的声音听起来好近啊！嘻嘻，说什么呢？你到底在哪儿呢？"

文江说着，嘻嘻直乐。

"好啊！那我这就下楼去。你在大楼后面等着我哦！"

文江一挂上电话就急急忙忙地站起身。

"就离开一小会儿，应该没事吧！"

文江像是说给自己听，出声地自言自语一番，走出了办公室。

按下电梯的按钮，看到电梯从一楼缓缓地升上来。这座建筑比较老旧，自然而然地，电梯也老旧，升降起来慢悠悠的。

电梯总算到了，然后电梯门伴随着"咯吱咯吱"的声响开了。电梯门一开，文江就不由得瞪大了眼睛。

"怎么回事嘛，你怎么还特意上来了呢？"

然而这句话说完，文江的脸上已经没有了笑容。

这是因为——乘坐电梯上来的那个人双手正牢牢地端着一个物件，而文江已经认出来那个物件是什么了。

像是空气炸裂般的爆破声响起的同时，霰弹枪开火了。文江的身体被冲击得离开地面，向后飞出了两三米远。

不过，身体遭到如此暴击，文江应该感受不到疼痛了。

电梯门合上了。随后，电梯慢悠悠地向一楼下行而去。

冈田成子发现躺在血泊中的文江，已经是事件发生二十五分钟以后了。

## 1 爱的花束

"尸体上放了花束？"

晴美停下了正在往碗里盛饭的手问道。

"可不是嘛。"片山义太郎表情沉重地回答说，"用霰弹枪扫射，把人杀死之后还要在人身上放一捧花束。做这种事是不是太残酷了啊！"

"确实是！"

如您所知，片山晴美并不是片山义太郎的爱妻，而是性格刁钻、更像个小姨子的亲妹妹。

"那就是说，你现在没啥食欲了？"

"饭还是要吃的。毕竟我连晚饭还没吃。"

片山一边说着端起了第二碗饭。

"啊！烫死了！"片山瞪着眼嚷嚷道。

"你还没吃晚饭？"晴美惊讶地问道。她看了看表，现在是半夜一点钟了。

"嗯……刚准备吃饭，接到报案就冲过去了。然后一通手忙脚乱，哪有时间吃饭啊。"

"是吗？"晴美应答着，表情略显郁闷。当然，不吃晚饭强撑到半夜这种事，绝对不会发生在那位正对晴美展开热情似火的追求的石津刑警身上。

假如说，万一哪天石津遇到这种事情，恐怕得即刻送他去住院吧。

"福尔摩斯也被你吵醒了，都这个时间点了，它感到很困扰呢。"

"我可没有故意去吵醒谁！"

"不过呢，毕竟是遇到了凶杀案，福尔摩斯当然会马上清醒。它才不会像哥哥你那样！"

每次总是加上一句多余的话，是晴美的坏习惯。

他们谈论着的名侦探福尔摩斯是一只毛色鲜亮、通体整洁的雌性三色猫，所以这个时候，它不可能像我们想象的名侦探那样坐在壁炉前的摇椅上有一口没一口地抽着烟斗。

毕竟，在公寓里不可能安装壁炉。

"那……查到什么线索了？"

晴美原本就属于熬夜型，而且是一到了晚上就很有精神（其实白天也很有精神）的夜猫子型都市女孩，特别是一听到发生了"凶杀案"，那真是比打了樟脑液还管用，一下子就精神抖擞起来了。

"得等到明天才能有眉目。"片山摇了摇头说，"就目前来看，对现场附近的搜查并没查出什么结果，也没找到目击者。不过，可能得从查找跟受害者有仇的人着手。"

"是嘛……"晴美好像陷入了沉思，"办公室女职员的生活也很不安稳啊！有时候，即便自己觉得对方只是脸熟而已，对方却很来劲。这种事也是有的啊！"

"人的内心深处是难以弄懂的！"

"喵——"

福尔摩斯好像破天荒地对片山的话表示了赞同。

"哎呀，会是谁呢？"

听到犹犹豫豫的敲门声，晴美站起身来。

"会不会是举着霰弹枪的杀人犯呢？来啦！是哪位？"

"深夜打扰很抱歉！我是住在一楼的冈田。"

"哎呀！"晴美赶忙打开了大门，"出什么事了？"

"对不起！您哥哥在家吗？"

"在呢。好像是出了个什么案子，今晚回来得很晚，刚刚到家。请进吧！"

"打扰您用餐了……我刚刚回来。从警察局刚回来。"

冈田成子浑身散发着职场女性的成熟气质。晴美因为自己也是上班族，所以两个人一年到头并不是时常能碰到面。不过成子确实是一位相处起来让人心情愉悦的女性。

"哎呀，是冈田小姐？难道您是去逛了什么繁华地界儿，所以被警察局收容教育了？"

"怎么会呢！"冈田成子叹了口气说，"我同事——跟我同一家公司工作的同事——被枪杀了。太惨了！真是太……"

晴美吃惊地瞪大了眼睛，说道：

"这么说，就是我哥哥负责的那个案子吧！"

"啊……是吗？"成子看了看片山，问道，"这么说来，您也去现场了？"

"啊……啊……是啊……"

片山不由自主地莫名惊慌起来。

"哥哥！你怎么会没见到冈田小姐？你们都在现场吧！"

"嗯……其实……"

"啊，这么说来，我好像听说在现场有人突然出现了贫血症状，被救护车拉走了……"成子没把话说完就停下了，"不好意思……我是不是说了不该说的话？"

成子看看片山，再看看晴美，观察着两个人的表情。

"喵——"

福尔摩斯发出一声听起来很愉快的叫声。


"就是这封信！"

冈田成子说着，递给片山一个信封。

"我因为文江小姐被杀害了，一时受到很大刺激，竟然把这封信的事情忘了个干干净净……我刚才回到家才忽然想起来，于是……虽然也许跟案子毫无关系，但是我觉得不管怎么样，还是想拿给您看一看。"

"说的是啊！不管什么线索，在这个节骨眼上都重要！"

说这话的是晴美。之所以是她搭话，因为她已经硬生生地从片山手里夺过这封信自顾自看了起来。

"喵——"

福尔摩斯叫了一声也跑了过来，用前腿在拿着信纸的晴美的手上轻轻地敲了两下。

"什么？你也要看信？"

"不是啦！"片山说，"应该是想提醒你，那封信纸上很有可能提取到犯罪分子的'指纹'吧。"

"啊，是吗？这种事情怎么不早点儿说！"

晴美说着猛然松开了手里的信纸。信纸飘飘悠悠地落下来，"啪嗒"一下，贴在了福尔摩斯的鼻子上……

"喵——"

福尔摩斯一脸嫌弃地用前腿把信纸扒拉掉了。

"文江小姐真是个很好的人！"成子说着，摇了摇头，"我还是不相信她会被杀死，而且是以那么残忍的方式……"

"她有没有正在交往的男性朋友？"又是晴美在提问。

"我觉得有。不过我们之间互相不打听这种事。"成子回答说，"万一对方并没有恋人，岂不是显得残酷？"

片山听到这里，心里想着"说得有道理，是这么回事"。

"文江小姐是在电梯门前被枪杀的，对吧？她是准备要到什么地方去？"

"要说这件事，就很奇怪……"成子皱起眉头说道，"她明明跟我说不出去……然而她都走到那个位置去了，这不就意味着她是准备要往什么地方去吗？如果是想去卫生间，方向跟这个位置正好是相反的呀！"

"我们从电梯里面检测出了硝烟反应，"片山终于插进话来，"说明犯罪分子是乘坐电梯上楼的。电梯门打开的时候，文江小姐就站在电梯门口，于是对方从电梯里开枪射击了。然后又在她身上放上了花束……"

"花束……对了！这也是一件糟心事。"成子重新坐下来，说道，"万一我们的'爱的花束'出了什么问题……"

"是什么？"

"听起来像是电视剧的剧情。"晴美插嘴说。

"不是的，是我们公司将要主办的聚会。我们给这个聚会起了这样的名称。"

"是个什么样的聚会？"

"这个嘛……简单说呢，就是稍微弄得豪华些、类似集体相亲形式的聚会。"

"相亲……"

片山一听到"相亲"二字就开始头疼。

"在文江小姐身上放上花束……我们下周的活动名称就

叫'爱的花束'。如果犯罪分子果真像信里写的那样对我们的工作本身很憎恶……如果文江小姐是因此而被杀害的，也许我们即将举办的聚会活动就很危险了。您不这样想吗？"

"我们赞同您的想法。对吧，哥哥？"

"嗯……也许是那样吧。"

"你怎么这么不慌不忙呀！还不赶紧采取措施！"

"可是……我总得先跟上级汇报后再……"

"怎么能说出这种话？你这个在现场吓晕过去的菜鸟！"

"喂！怎么能那样说！我又不是自己想晕才晕过去的！"

"请问……我……"成子好像不知如何是好，"不过，我倒是挺喜欢您这种纤细敏感型的类型呢。"

"啊呀，那可真好！"晴美冷淡地说，"要是您能把他接手，我免费赠送您一整年分量的厕用卷纸。"

福尔摩斯把脸扭到一侧，可能是为了忍着不笑出声……


"真是出乎意料的'爱的花束'啊！"栗原科长说，"可是，对这位叫文江的姑娘来说，就是'死的花束'了呀！"

对于警视厅搜查一科的科长来说，这是较为罕见的带有诗意的发言。

"从花束上有没有查到什么线索？"片山问道。

"不行啊！"栗原科长摇摇头说，"那些花并不是作为一束花束而集中选购的，而是这里买来两三支，那里买来两三支，凑起来的。这样就很难查到什么线索。"

"从那封恐吓信着手调查怎么样？"

"嗯……"栗原科长坐在自己办公桌前的椅子上转过身来说，"倒也不能说毫无可能性。不过现在正从枪支方面着手调查。如果从太多方面调查，反而会头绪太多。"

"这么说，倒也确实……"

"还有一件事……"栗原科长重新坐正了说，"刚才来了一位姓山中的男人，名叫山中龙郎。"

"我不认识。是嫌疑人吗？"

"可以列为嫌疑人，"栗原科长一脸认真，"是出事的婚姻介绍所的负责人。"

"他是来见科长您吗？"

"不是来说媒的，是你那里叫冈田成子的姑娘跟你谈起过的'爱的花束'活动。"

"您说是'我那里'……我们只是住同一栋公寓呀！"

"不过你们的年龄差不多嘛，而且是个稳重、懂事的好姑娘！怎么样？以这件事为机缘，你们结婚的话……"

"科长！请您现在只谈与这个案件有关的部分！"

"他是来谈关于那个'爱的花束'活动的。即便只有万分之一的可能性，如果那个犯罪分子出现在了这个活动上，我们也不能袖手旁观。山中社长也说了，只想顺顺当当地把这个活动办完。"

"那么，需要对入场人员都进行搜身吗？"

"这种事怎么可能办得到？人家是来相亲的，你去对人家进行搜身？那还不都跑了！"

"那您说该怎么办呢？"

不详的预感从片山的心底一点点地冒出来。

"你……去参加那个聚会！"

预感成了现实！

"知道了。"

"你要装作是来参加活动的人。要不然，你光在那儿傻站着，会被人看成那样的呢。"

这话是什么意思？片山拼命把打算反问一句的冲动给憋回去，然后问道："就我一个人去吗？"

"要不顺便带上谁呗，比如你妹妹，以及那只猫……"

"我觉得聚会上不会有猫来找对象……而且，如果让我妹妹也参加……"片山犹豫着。

"不方便吗？"

"不，她本人肯定会乐颠颠地参加。但有个问题……"

不出片山所料，还没等他把话说完，就听到电话那头传来某个人的大呼小叫声。

"您说什么？让我去相亲？！不管片山先生您怎么对我使坏，我的决心是不会动摇的！"

"喂！你等一下！"片山好不容易才插上话，"这是查案需要！是工作！懂了吗？"

"即使是工作，我也不愿意！"石津大声怒吼，"即使因此把我开除我也不在乎！我的心只对晴美小姐一个人……"

"是嘛，那就没办法了！"片山耸了耸肩说，"真可惜，晴美那家伙也要来参加呢。也许她会感到有点儿失落吧。"

"那我当然参加了！无论如何，工作第一嘛！"

片山放下话筒，不禁自言自语道："还说什么'爱的花束'呀，简直就是'搞笑花束'嘛！"

## 2 安静的邂逅

这个世上着急结婚的家伙竟然这么多啊……

片山心里感叹着，一边环视着相亲大会的会场。虽然不像片山感叹的那样，但是会场现场的情况也确实比较火爆。

"哥哥！"

听到声音，片山回过头来，看到晴美怀抱着福尔摩斯走了过来。

"怎么回事，活动早已经开始了！"

"我去了一趟美容院，结果就来晚了呗。怎么样，你看看我这发型？"

"跟原来有什么不一样吗？"

晴美叹了口气说道：

"这就是你不受女士青睐的原因哪！"

然后她又加上一句："您说呢，石津警官？"

紧跟在晴美的身后的是身形庞大的石津。

"实在是太好看了！特别适合您！"

"谢谢！"

晴美莞尔一笑道了声谢。

什么嘛！石津这家伙，如果仔细问他晴美的发型到底哪个地方有什么改变，他肯定是回答不出来的。总而言之，对他来说，只要是晴美的事，就哪哪都好。

"啊，那我们就先去接待处办理登记吧。"

"快去吧！我已经都登记过了！"

片山后悔自己来早了，现在只好杵在会场的入口处附近等着他们。

晴美和石津刚走过去，站在接待处的成子就看到了他们。

"哎呀，欢迎你们！"成子笑脸相迎说道，"这位就是石津先生吧？"

"是的。然后，这位是福尔摩斯——经常见面的哦。"

成子一边在登记簿上做标记一边说道：

"要是我们事先请来一位雄性猫咪预备着就好了！"

"喵呜。"

"人家福尔摩斯呀，已经超越了谈恋爱的境界啦！"

晴美解释道。

"我可是正在恋爱当中呢！"

石津插嘴说。

"有什么异常吗？"

晴美问道。成子摇了摇头说：

"目前还没有发现什么……毕竟这会儿刚刚讲完说明，活动刚刚开始。啊，社长来了！"

晴美一回头，看见一位与"社长"形象相去甚远，倒不如说是稍显知性、略呈老态的绅士走了过来。

"社长！这位就是片山警官的妹妹！"

"呀，欢迎欢迎！"说着，轻轻地握了握晴美的手说，

"我是社长山中。把这么麻烦的事情拜托给了您哥哥……"

"别客气,虽然起不到什么大的作用。"

晴美和和气气地笑着说。石津自顾自地绷着脸站在一旁。

"今天大概会来多少人?"晴美问道。

"总共应该有将近五十人。也有只提交了申请但不来参加活动的,大概有七八个。"山中说着,视线转向热闹的会场。

"不过,我原以为,相亲嘛,应该会是那种……安安静静的气氛。"

"不是的,现在的年轻人厉害着呢!您是不是以为但凡到这种场合来的应该都是一些难以自行找到对象的人?事实上可不是这样。他们是把这种场合当作积极主动地寻觅更好对象的场合了!所以呢,他们很愿意主动出击,跟更多的人打招呼。"

"看来我要输给他们了!"晴美笑着说。

"总之……"山中换上一副严肃表情,"原文江小姐的遭遇很是不幸。我希望这次的聚会不要再发生那样的事情了。"

"您不用担心,我们会严密监视的!"晴美说着,招呼石津道,"您说呢,石津警官?"

"那是当然!"石津坚定有力地点了点头说,"要是有哪个家伙敢靠近晴美小姐一步,我马上狠狠地把他一头撞翻!"

这家伙好像弄错了自己来这里的任务。

另一方面，片山则战战兢兢地朝会场方向走过去。

片山作为参加活动的成员，勉为其难地在胸前别了一块写着数字的牌子——"13"，真是个好数字呢！

话说回来，片山原本就是来监视的，他需要留意是不是有可疑分子混进会场。所以，如果有参加活动的女士来跟他搭讪，反倒对他的"工作"造成妨碍。

"这样一来，就更有利于让我不受青睐了嘛！"片山自言自语道。

因为是冷餐会的聚会，参会者都适当地到处转转，寻找着自己可能谈得来的对象。不一会儿工夫，会场上已经三三两两地形成了小集团，各自热热闹闹地聊了起来。

这些人当中，有的看起来是遇到了特别情投意合的，双方很快陷入热聊；也有可能是因为不太敢于主动搭讪，此时独自一人举着饮料杯子站着发呆的。处于这样情形的，大多是男性参加者。

片山从内心里对这类"孤独的参加者"抱有亲近感，他本人也是手里举着饮料杯子（里面盛的当然是果汁）站在会场一隅，观望着整个会场。

"喵呜——"

"怎么了，福尔摩斯！你到处晃悠，会被人踩坏的！"

"喵！"

"你说什么？与其担心别人不如多担心自己？你这家伙！"

这时，一位女士迈着轻快的步伐朝着片山这边走过来。

不好！片山一下子脸色发白。

没办法了。这种情况下，只能敷衍一下找机会逃脱了。

"您好，不好意思打扰您一下……"

"您是在跟我说话吗？"

周围没别人。如果不是在跟片山说话，那就是跟福尔摩斯说话了。

"是的。请问……您知道卫生间在哪里吗？"

松了一口气的同时，即便是片山，也多多少少感到有点儿失落："这个嘛……我想想啊……啊，那边有个服务员！"

一名男服务员托着装有空玻璃杯的托盘朝这边走过来。

"喂，你过来！"

片山招呼道。

"好……好的！"

"卫生间在哪边？"

"那个……卫生间……在外面。在这个房间外面。"

"外面？外面什么地方？"

"这个……对不起，我是临时来做兼职的，不太了解。"

"算了。我还是去问接待处的人吧。"

那位女士说完，走了出去。

"我说你……"

"喵——"

"你也觉得不对劲儿吧？"

片山看到那个男服务员被叫住的时候好像很意外地紧张了一下，而且再怎么是临时工，连卫生间在哪儿都不知道，就有点儿奇怪了。

这会儿工夫，那个男服务员已经混进客人们当中去了。

"福尔摩斯，你快去跟着他！"

片山用脚尖戳了戳福尔摩斯。

"喵呜！"

福尔摩斯瞪着片山叫了一声。

"啊，抱歉！拜托了！我去跟着就太扎眼了。"

福尔摩斯虽是一副不情不愿又拿他没办法的样子，不过还是轻巧地走向人群，从人们的腿脚缝隙中灵活地穿行。

"真的！太摆谱了，真是不好使唤啊！"

片山气哼哼地发着牢骚。

"您一个人吗？"

　　冷不丁听到有人打招呼，片山不由得吓了一大跳。看来也不能说刚才那个男服务员突然被叫住的时候表现得很"奇怪"了。

　　片山定睛一看，眼前是一位胖乎乎的女孩——也不能说是女孩，毕竟身上穿着一件女士便礼服呢——虽然并没有穿出礼服的该有的样子。

　　"我？啊，算是吧。"片山说。

　　"哎呀，您喝的是果汁啊？"

　　"我喝酒不行。你喝的不也是姜味汽水吗？"

　　"那倒是……但是我很能喝哦！只不过，我担心人家认为我太能喝酒了，就会觉得我不可爱了，对吧？"

　　"那倒有可能。"

　　"不过呢，要是想喝……等一下！饮料！"

　　女孩子朝一个服务员喊道。那个服务员正托举着放着斟好饮料的托盘走过来。

　　"威士忌。"

　　女孩子说着自取了一杯。

　　"您呢，来一杯吗？"

　　"我就算了。我可不想找死！"片山说。

　　"是嘛！这种酒的度数很低，跟茶水差不多吧！"

说着，呼地一口干了。

"好厉害呀！"片山笑道。

"厉害吧！这种东西，根本称不上是……酒……"

"喂！你怎么了？"

"不知道怎么回事……头晕……"

话还没说完，那个女孩就摇摇晃晃地朝着墙壁方向走去，然后"咕咚"一声，碰到墙，接着靠着墙往下滑，最后坐到了地板上。

"喂！你醒醒！你快醒醒啊！"

一时间，片山还担心是不是饮料里混进了毒药。可是仔细一看，什么嘛，纯属喝醉了。应该是这个人明明不胜酒力却偏要逞强。

可是……真难办啊！又不能就这么放下她不管。

"哎呀，片山先生！"

有人打招呼，片山一看，是成子。她走过来问道：

"您怎么了？"

"啊，这……这个女孩她……"

片山松了口气，把情况说了一遍。

"啊呀！这个女孩是杉山小姐呀！"

"您认识她？"

"她是加入我们这个活动中最年轻的一个,才十六岁。"

"十六岁!"

"她叫杉山佳子……倒是个好孩子。她说自己就是想早点儿结婚。"

"这可难办了!又不能让她就这么在地上坐着。啊,请稍等一下!"

片山急匆匆地朝着石津在的方向走去。

石津正一边不加选择地随手取来东西吃,一边紧紧跟随在晴美身边,瞪着眼睛把那些凑过来的男人给吓跑,忙得不亦乐乎。

"喂,你过来一下!"

"好嘞!可是,晴美这边……"

"我没事!"

"是嘛……"

石津用依依不舍的眼神看看晴美,再看看食物,还是跟着片山走了。

片山让石津扛上那个名叫杉山佳子的女孩,走出了会场。

"放到那个沙发上。嗯,让她在这里休息一会儿,应该能醒过来吧。"

"那我回会场了!"

石津一路小跑着离开了。不过很快又转回来了，因为他跑反了方向……

身边没人的时候，晴美开始吃东西。

完全没人搭话的话，虽然会有些落寞，但闹闹哄哄地拥过来很多人也很烦。

"啊，这个看起来好好吃的样子！"

晴美正在对着一锅炖菜大展身手，旁边来了一位二十五六岁的女子。

是个美女，是那种即便不到这种场合来也会有许许多多追求者的那种类型，让人觉得有点儿酷的冰美人。

连身上的着装看起来也比实际年龄要成熟些。

她正把菜肴夹到餐盘里，手势无比优雅。

这时候，突然响起"哗啦"一声。

是玻璃杯掉在地上摔碎的声音。那位女性转头一看，吃惊地瞪大了眼睛。

"泽江君！"

是个男服务员。或者说，是穿着服务员制服的男人。

"泽江君，请等一下！"那个女人喊道。

晴美看到那个服务员打扮的年轻男子握着一把餐刀冲过来的时候，惊讶得脚都挪不动窝了。她刚想着"来不及了"，就看到一个褐色的东西凌空跃起。

"福尔摩斯！"晴美叫出声。

福尔摩斯朝摆满了饭菜的餐桌跳过去，用前腿扒在正用酒精灯加热的奶汁烤菜的锅沿儿，随后降落在了餐桌上。

烤锅的一侧"砰"地被掀起来，锅里的奶汁烤菜"啪"地飞出来，"啪嗒"一下，准确地命中了正杀过来的那个叫泽江的男子的脸。

"啊！好烫！好疼啊！"泽江惨叫着当场跳起来。

"干得漂亮！"晴美朝福尔摩斯使个眼色，捡起餐刀。

"晴美小姐！"是石津跑回来了，"出什么事了？"

"快去，抓住那个男人！"

"明白！"石津攥住姓泽江的男子的衣领，"你很热吗？"

说着，把他的头摁进装有混合果汁饮料的容器里。

这样一来，倒是替这个姓泽江的男人把脸上粘着的奶汁烤菜的热劲儿给降温了。

然后……

另一边，片山不能对晕坐在沙发上的杉山佳子放手不管。

"喂！你……你快醒醒啊！真是的！"

片山轻轻地拍打着女孩的脸蛋儿，然而对方毫无要苏醒过来的样子。

这可怎么办……可不能总在这里待下去。

我可不是为了照顾喝醉酒的女孩而来到这里的……好吧！片山作了决定。

倒不是什么了不起的决定。他走到洗脸间，濡湿了毛巾，轻轻地拧了拧。他想用这个东西把女孩弄醒。

"拜托了！这么激一下，请一定要睁开眼睛啊！"

片山心里祈祷着，走回来一看……

一个没见过面的老人穿着一身皱皱巴巴的西服直愣愣地站在那个女孩面前，而且老人家正恶狠狠地瞪着片山。

片山回头看了看。他以为老人家是在瞪着其他什么人。

事实并非如此。他好像是在瞪着我……片山意识到了。

"请问……"

片山话还没问出口，就听到老人怒吼道：

"是你小子吗？！"

"什么？"

"拐走我孙女儿的人就是你小子吧！"

"孙女儿？那就是说，您是这个女孩子的爷爷？"

"是的！我说呢，佳子这家伙今天把自己打扮得漂漂亮亮的跑出来，我就觉着不对劲儿！"

"那个……她喝了威士忌，然后忽然倒下了……"片山赔着笑脸解释说。

然而对方好像并不接受他友善的解释。

"你竟然给佳子喝了威士忌？！"老人瞪大了眼睛，吼道，"这孩子才十六岁呀！你小子明明知道……"

"请等一下！"片山急忙解释道，"不是我给她喝的，是这孩子她自己要……"

"闭嘴！"老人打断了他，"如果像你说的那样，为什么只有你们两个人在这里？"

"不是……我是为了让她醒醒酒才把她带到这边来的。我正打算用这毛巾……"

"我就知道！"老人伸出手指戳着片山说道，"你是故意灌醉这个孩子，再装作是要'照顾'她的样子，然后强行把她弄到宾馆里去，是吧？"

"怎么可能！"片山目瞪口呆，辩解道，"我只是……"

"早就识破你小子的阴谋了！老头子我就是来保护我孙女儿的！"

"我说您，冷静一下啊……"

这里是宾馆的大厅，人原本就不少。这时候，人们已经好奇地围过来看热闹了。

当然，没有一个人上前制止，反倒是看热闹不嫌事儿大。

"那个人，刚才打了那个女孩呢！"

一个爱嚼舌根的大妈起哄道。

"什么？他还打了佳子？"

"怎么能说叫'打了'呢？我只是想拍一拍她，看看她是不是能醒过来……"

"老头子我从来没打过这个孩子！你小子竟然敢……"

"是个误会！我……"

老人大叫一声，朝片山冲了过来。

片山急急忙忙想要逃避，没想到眼前看热闹的人围成了一堵墙。

"你这混蛋！"老人抓住片山的手腕子，"嘿"地打着号子，把片山的身体抡了一圈。

咕咚——

虽然地上铺了地毯，但片山还是挺疼的。

"哇——"

围观者发出一阵欢呼，竟然还拍着手，鼓起掌来。

"再来一个！"

看热闹的人当中竟然有人这么不负责任地起哄。

开什么玩笑！真是的！

片山揉着腰，目送那位老人搀扶着那个女孩离开之后，深深地叹了口气……

## 3 烫手的枪身

"原来如此！"栗原科长总结道，"也就是说，把那个袭击来参加活动的女士的那个男人搞定了的，是那位猫君，和片山你的妹妹，以及石津刑警，对吧？"

"科长……"片山欲言又止。

"而你在此期间，灌醉了那个女孩子并试图带她去房间。"

"我说您……"

"据说还对那个少女实施了拳打脚踢的暴力。"

"被施暴的是我！"

片山生气了。

栗原科长笑了，说：

"我知道。你就当是遇到了一次灾难吧。"

"我可吃不消了！"

片山一时很难释怀。

"可是你看，我们总不能以妨碍公务的罪名去逮捕那个杉山佳子的爷爷吧？"

"话是那么说……"

"还有啊，那个山中社长说，让我一定要替他向你转达谢意，他对你非常感谢！"

"是吗？"

"他说呀，要是你想参加，他们邀请你免费参加他们下一期的活动。"

"我还会去自讨苦吃吗？开什么玩笑！"

"别生气嘛！"栗原科长说着，一副很开心的样子。

每当外出执行任务的时候，科长的脾气就会很不错。

"关于那个袭击女士的男人，查到什么线索了？"

"嗯，名叫泽江顺一，是个二十一岁的大学生。那位女士名叫安松昭子，好像以前跟那个泽江处过半年对象。据说女方只是抱着玩一玩的想法，男方却很纯情，对女方很痴迷。"

"那么，和上次的凶杀案之间的关系……"

"谁知道呢……"栗原科长摇了摇头说，"没什么灵感。不过我们还是尝试着去查查看。这里头有这么一件事，有点儿意思。"

"什么事？"

"泽江家是开花店的。"栗原科长说。


片山站在一楼电梯门前。

犯罪分子应该是从这个地方乘电梯的。

然后上到三楼，朝站在自己眼前的原文江开枪射击……

片山乘上电梯，上三楼看了看。

毕竟他上次来的时候当场晕倒了，没能好好看现场。

到了三楼，电梯停下来，电梯门打开了。片山正打算出电梯的时候，忽然吓了一跳。

"啊！找到您了！"

他眼前站着的是那个喝醉酒后一头倒在地上的女孩——杉山佳子。

"你……"

"太好了！我一直想当面跟您道个歉呢！"

"不……不用了！那件事……"

"可是，我过意不去！"佳子拉扯着片山，往办公室走去，"冈田小姐！我正好在那边碰到他了！"

正在办公桌前埋头做事情的冈田成子抬起头一看。

"哎呀，这可太好了！"

一点儿都不好！

片山在一把空椅子上坐下来。

"昨天您真是帮了大忙！"成子一边给片山端茶倒水一边说，"幸亏没出什么大乱子……那个姓泽江的会不会就是凶手？"

"这件事还在调查。"片山说。

"这位佳子小姐呀，刚才一直在这里缠着我，想跟我了解关于您的事。"

"人家不是想道个歉嘛！"佳子说着，忽地低头谢罪道，"真的对不起！"

"算了，"片山不是会把一件事记恨很久的人，"我劝你最好不要再为了逞强去喝那些酒精饮料了！"

"我照您说的做。其实我是爱吃甜食的，如您所见。"

佳子今天穿着薄毛衣配牛仔裤，适合十六岁少女。

"我爷爷对您做了很过分的事情，太对不起了！我父母亲在我很小的时候去世了，是爷爷奶奶养大了我，所以爷爷总觉得对我的责任很重大。"

"经常是那个样子吗？"

"这还算好的呢。"

"都那样了还算好的？"

"有更糟糕的情况，比如男朋友到家里来的时候，爷爷会拿枪指着把人家赶跑。那个男孩吓得脸都白了，好可怜。"

"你说拿枪？"片山追问道，"是拿真枪吗，你爷爷？"

"嗯。爷爷经常打猎。"

"是霰弹枪吗？"

"是的。不过，他当然并不会真的开枪。"

佳子好像并不知道发生在这里的案件的详细情况。

"说得也是。"片山随口应答道。这件事还是有必要好好调查一下。

"那个，佳子小姐……"成子插话进来说，"你不觉得现在加入成为我们的会员太早了吗？要不等一等，至少到二十岁之后？"

"可是，十六岁是可以结婚的吧？"

"话虽这么说……"

"我的情况是，只要爷爷还活着，我就不行……我就不可能交到男朋友。所以，我要是不来这样的地方，就根本没有机会和男孩接触。"

"来我们这里的几乎没有可以被称作男孩的年轻人哦。"

"没关系。可能是跟着爷爷奶奶长大的缘故，我喜欢年龄大些的。"

"可是……"

"比如这位片山先生，这样的中年男人就很稳重，比年轻人好很多呢！"

片山被说成中年男人，很受打击，差点儿没忍住。这话可不能说给晴美听呀！

"片山先生不是我们这里的会员哦。"

“我知道，听说是一位刑警。是很危险的工作吧？”

“应该是。”

“不知道什么时候就会死……”

“也没有那么危险……”

“是不是每天出门的时候都要与家人干杯告别？”

“怎么会！”

“要是我的话，不管什么时候死，都会先把后事给您安排好的。”

“麻烦你不要这么简简单单就杀了我啊！”片山苦笑着说，“你……还是学生吧？”

“是的。但我读的是女子学校，太无聊了。不管去不去学校，都没人管。”

“如果读的不是女子学校就好了。”

“那是我爷爷的命令啊，”佳子噘嘴道，“于是我的生活里连男人的影子也没有，连老师都是尼姑，太令人绝望了。”

“不管怎么说，你最好还是去学校吧。”

“片山先生说让我去，我就去。”佳子莞尔一笑，“那就……再见哦！”

佳子飞快地在片山的脸颊上轻轻地吻了一下，哼着跑调的歌走了。

冈田成子笑出声来。

"抱歉啊！真拿这孩子没办法，但也让人恨不起来。"

"话是说的没错……"片山用手帕擦了擦脸颊，"先不管她了，我现在是在工作呢。"

"可不是嘛……对不起！"成子的表情稍微严肃了，"文江小姐就是在这里被杀害的……我竟然还在这里若无其事地说说笑笑。"

"您别这样，这也是没办法的事。"

片山稍微清了清嗓子，接着说道：

"关于那天晚上的事情，我有一些问题想请教。"

"什么问题？"

成子停下了手头的工作。

"文江小姐曾经对您说，因为她要回家吃饭，所以让您一个人去吃饭，对吗？"

"是的。"

"然而没多久，她就去了电梯口附近。她是打算外出吗？"

"也许是吧……"

"也就是说，文江小姐对您撒了谎。或者说，是在您离开之后，她接到了什么电话吧。不过不管是上述哪种情况，凶手从一开始就是以文江小姐为目标，这么想没问题吧？"

"也就是说，还是因为个人恩怨吗？"

"您怎么看呢？"片山在一把空椅子上坐了下来，"从在尸体上放上花束这个行为来看，让人很容易往恋爱关系、情感纠葛方面想啊……"

"说得是啊！"

"关于文江小姐的恋爱对象，您知道些什么吗？"

成子微微垂下了眼帘。

"也许有恋爱对象，"成子回答道，"毕竟她已经二十七岁了，有恋爱对象也是理所当然的吧。不过这种事情，我们互相之间是不谈论的。"

"为什么？"

"这个……"成子稍微犹豫了一下，"怎么说呢，比如说，我如果没有恋爱对象，而文江小姐如果聊自己的恋爱对象的话题，对我来说就有点儿残忍，对吧？所以呢，我们互相之间都注意回避这样的话题。"

"说得也是……"片山点了点头说，"那么，具体是个什么样的男性……"

"这我就不知道了。"成子摇了摇头说。

"是嘛……然而，动用枪支来杀害，恐怕是很大的恩怨纠葛。您有没有看见文江小姐曾为这事烦恼的样子呢？"

218

"我没有注意到。要说的话，这一点很奇怪，文江其实是个心里藏不住事的人呢。"

"也许她并不知道自己被谁怨恨着。"片山说着站起身来，"哎呀，打扰您这么久！"

"片山先生……"

"想起什么了？"

"不是的……您不结婚吗？"

没想到被问了这么个问题，片山稍微感到吃惊。

"这个嘛……我从事的是一份不知什么时候就会送了命的职业啊……"

片山逃避性地回答完，正要出去的时候，门开了。

"哎呀，是您来了！"

是这里的社长山中走了进来。他寒暄道：

"承蒙您多关照了！"

"哪里哪里……您好！"

片山决定尽快逃离。

他不擅长跟这种一见面就凑上来握手的人打交道。

"下一个申请呢？"

门缓缓关闭的间隙，片山听到山中向冈田成子询问。

片山按了电梯下行的按钮。从一楼升上来的电梯停了下来，门缓缓打开了……

"喵——"

"怎么回事？是福尔摩斯？你干什么呢？"

"我也来了哦！"

晴美忽然伸出头来。这倒也是，福尔摩斯不管有多聪明，总不可能用自己的手（脚？）够到电梯按钮。

"你们来这里办事？"

"我们来找你。那位女士说，无论如何也想跟哥哥你说声谢谢。"

"女士？"

"就是安松昭子小姐呀。"

"又不是我救了她。"

"我知道。不过，要说谢谢福尔摩斯岂不是有点儿奇怪？她电话都打到我工作单位了。"

"于是你旷工跑来这里？你的工作还真是轻松啊！"

"总而言之，我们去了再说……福尔摩斯，你在干什么？"

福尔摩斯朝办公室那边走过去。片山阻止道：

"喂，不可以到那边去呀！"

刚出声，就见福尔摩斯回过头来，忽地眨了眨"两只眼"，使了个眼色。

"看来有事！"

晴美说着走了过去，下定了决心，"啪"地把门打开了。

冈田成子尖叫一声，从山中社长身边跑开了——刚才他们正在接吻。

"啊，失礼了！"晴美颔首一礼说道，"请慢慢享受！"

说完把门又给关上了……

"那个姓山中的还真不简单！"在电梯里，片山感叹道。

"可是，他已经年近六十岁了吧？对冈田成子小姐来说可不是什么好事！"

"是啊……不过，她不是小孩子。我们只能听之任之。"

"那个姓山中的太卑鄙了！"

晴美当初觉得这是个知性而有品位的男人，现在这个印象被颠覆，她有点儿生气了。

"喜欢上一个人是没错的，但如果发现这份感情对对方没有好处，就应该隐藏自己的心意。这不是年长的一方应该做的事情嘛！"

"嗯……可是这种事，你跟我说有什么用？"

"我知道跟你说没用。"

为什么我要被怨恨？片山又一次深深地叹了口气。

刚走出大楼，就跟石津不期而遇。

"哎呀，石津先生！好巧啊！"

"晴美小姐！果然我们是命中注定要相遇的……"

"快说事儿！你来干什么的？"片山问道，"无论如何，都不会真有这么巧！"

"猜对了！您真不愧是晴美小姐的哥哥！"

"少在这拿我取笑！什么事？"

"啊，是这样的，说是生命有危险……"

"你说什么？"片山紧张起来，"你快说清楚，到底谁的生命有危险？"

"您的生命。这……是栗原科长让我跟您打招呼，说是觉得您怪可怜的，还说即便是您这样的人也总比没有强……"

"科长说了这样的话？"

"说的没错呀！"晴美插嘴说道，"那么是谁要杀我哥？"

"是那个老人家，佳子的爷爷。"

"又是他！"片山仰天长叹，"我可不想让他再给我来个背摔！"

"不会，这次据说是带着枪出门的。他夫人通知我们的。"

对了！杉山老人是持有霰弹枪的。

"可是，即便我再小心……"

"好像已经到你们的公寓那边找过了，最好还是别回家。"

"那你说我该怎么办？"

"要不你去哪个桥洞底下住着。晴美小姐我可以收留。"

石津正愉快地说着……

"哥哥！"晴美忽然叫道，"快看，那边！"

是杉山老人。大概是尾随着他孙女儿找到这里来的。老人面色狰狞，"啪嗒啪嗒"地跑了过来。

而且，老人手里赫然端着霰弹枪……

"快跑！"片山大吼一声。

"喵——"

好像连福尔摩斯都认可了——这种情况下，只能先逃命要紧——率先跑了起来。

"喂！给我站住！你这个狐狸精！"

老人的声音从身后尾随而来。


## 4 掉落的花束

片山睁开眼睛。

感觉包裹身体的被褥异乎寻常地舒服。我家的被褥又薄又硬，跟这个感觉没法比……

而且，感觉还很宽敞。好像怎么打滚踢腾都不会滚到被子外面去……

咕咚……

掉到地板上了。

"好疼！"片山叫了一声，"啊，吓死我了！"

"你在干什么？"晴美打开灯问道。

"这样啊……原来我刚才是睡在床上呀。"

"你在说什么？睡傻了吧！"

兄妹俩——不对，加上福尔摩斯，三个人一起住在宾馆里了。

因为担心回家很有可能被那个杉山老人找上门，他们现在算是"紧急避难"。

"那个杉山老爷子也不知道被逮着了没有？"晴美问道。

"谁知道呢。不过……你怎么看？"

"什么怎么看？"

"那个老人。你觉得会是他杀害了文江小姐吗？"

"人做的事情……我看不明白。"

"嗯……可是，无论如何都找不到头绪啊！"片山起身坐回到床上，"啊……掉到地上一下子被摔醒了。"

"跟个小孩子一样！"晴美笑着说。

按道理说，杉山老人持有霰弹枪，受到怀疑也是情理之中的事情。

但是他有必要杀死原文江吗……即便非常憎恨那家公司，可是有必要做到那种程度吗？

"听说老人家是个怪人，曾经很有名气。"晴美说。

确实，据说杉山老人听说自己的孙女佳子成了会员，还曾经找到人家公司的办公室大吵大闹过。

所以，不论是冈田成子还是原文江，甚至山中社长，他们都知道这位老人。据说连安松昭子也在自己来打听报名情况的时候碰巧遇到过杉山老人。

"那个姓泽江的年轻人呢？"晴美问道。

"嗯，据说最近一段时间，由于安松昭子对他态度冷淡，心生怨恨了。不过其他情况还没掌握。"

床边的电话响了。

"我来接……你好，我是片山。"

"啊，找到了！"

"你是……杉山佳子？"

"对！听说您住在宾馆里，我就一家一家地打电话问了。那个……我能去找您吗？"

"不要啊！啊，对了，你爷爷呢？"

"没有消息。他会在什么地方呢……"

"不管怎么样，你要老老实实地待着！明白吗？"

片山挂掉了电话，感叹道：

"真拿她没办法啊！"

"喵——"

福尔摩斯叫了一声。

"怎么了？肚子饿了吗？"晴美问道。

福尔摩斯朝门的方向跑过去，支起耳朵仔细地听着。

"好像有什么事呢！"

"嘘！"晴美通过猫眼向楼道里张望，然后回过头来说，"你猜刚刚是谁走过去了。"

"我怎么知道！"

"是山中社长哦！"

"山中？他一个人吗？"

"对。他应该是到哪个房间里去了。"

"难道说是跟谁约好了见面的？"

"要不要跟着他？"

"来不及了吧？好吧，那就拜托福尔摩斯帮忙吧！"

福尔摩斯回过头看了一下，仿佛在说，每次不都是得靠我帮忙嘛……

片山兄妹急急忙忙穿好衣服，悄悄地打开了房门。

"有人吗？"

"没有……没看到。进了哪个房间了呢？"片山在楼道里四处打量，"喂，福尔摩斯！拜托你用耳朵好好听一听啊！"

福尔摩斯慢悠悠地走在楼道里，片山兄妹紧跟在它后面。

"我找到啦！"

突然听到背后有人这么大喊一声，片山吓得跳了起来。是杉山佳子。

"你……"

"我刚才就是在这家宾馆的下面打电话。"佳子嬉皮笑脸地说，"今晚让我陪陪你吧？"

"我说你，我可没时间陪着你……"

片山话还没说完，只听到"嘭"的一声巨响响彻楼道。是枪声。

"哥哥！"

"你在哪儿？"

片山跑了过去。还有客人把头伸到楼道来，想看看发生了什么事情。

"危险！请回到房间里去！"片山吼道。

这时候，片山看见有一个房间的门是开着的。

他赶忙制止晴美等人：

"你们在这里等着！"

他警惕地朝门内张望。

"怎么样？"晴美戳了戳他问道。

"嗯……什么都看不见。"

"没人？"

片山进入房间。浴室的门忽然打开了。

"哎呀……"

是个身上裹着浴巾的人，看到有人进来，不由得停下了脚步。是冈田成子。

"也就是说，山中社长跟原文江小姐之间也有关系？"晴美问道。

"是这样的。"成子点点头说，"应该说是他手段巧妙吧——他清楚地知道我和文江小姐互相都很在意对方是否有对象，利用这一点，把我们的心思分别吸引了。"

"真是个差劲的社长啊！"片山愤然说道。

"那么，杀死文江小姐的是谁？"

"那我就不知道了。"成子摇了摇头说，"不过，前些日子好像是有过一个恋爱对象的。但那个人具体是谁，没有听她说过。"

"山中社长现在在什么地方？"

"这个……好像还没到。我是提前来了在这里等着。"

"不是的，刚才他从走廊这边走过去了。不过……"

这个时候，走廊里突然有人"啊"地尖叫了一声。

片山飞奔过去。他看到一个穿风衣的女人的身影逃跑了。楼道里竟然遗落了一支霰弹枪！

福尔摩斯蹲坐在霰弹枪旁边，"喵呜"地叫着。

"干得漂亮！这把枪差点儿被裹在床单里带出去了！"

"哥哥！是这个房间！"晴美说。

"我去追那个女人！"片山说着跑出了楼道。

这种宾馆原则上来说都是乘坐电梯上下楼的。如果想走楼梯，就必须打开安全出口的门。

片山打开了安全出口的门，从楼梯往楼下跑。

忽然停下了脚步。

因为一洞枪口正朝上指着他。真是糟糕的见面方式。

"你要是不知道，该有多好！"安松昭子说。

"那是……你的枪？"

"对呀！如果用霰弹枪，就不容易被认出来。"

"你开枪打了山中？"

"是的。顺便把杉山家的老爷爷也给……"

"你说什么？"

"没事，老爷爷只是晕过去了。打山中的枪，用的是他那一把。"

"你为什么要杀人？！"

片山忽然明白了。泽江家是开花店的，泽江拿去送给安松昭子的花束被安松昭子原封不动地放到了原文江的尸体上。

"文江小姐是我的恋人。"安松昭子说。

"啊？"

"对！泽江君太缠人了，我才跟他敷衍着交往……"

"这样啊……于是文江小姐和山中……"

"竟然为了那样的男人！"昭子摇着头说，"她竟然背叛了我！而且她还继续跟我保持着关系，所以我不能原谅！"

"于是你……"

"我呀，是个独占欲很强的人。不过，也不能放过山中这个人。"

"你快收手吧！你是逃不掉的。楼下已经严阵以待了。"

"是啊……也许我真的应该就此收手。"

突然，昭子举起了手枪，把枪口对准了自己的咽喉。

"住手！"

片山叫喊的同时，福尔摩斯飞速地跑了过来。

然后……枪声在上下都很狭窄的空间里久久回响……

"我今天是好好打了招呼后才出来的哦！"杉山佳子说。

"真的没事吗？"片山反问道。

即便在自己家里也不踏实，片山很讨厌这种感觉。

"难得来一趟，要不就留下吃饭吧？"晴美说着，起身准备做饭。

"这样的话，石津即便来了也没什么可吃了。"片山说。

"这么说来，那封恐吓信是安松小姐写的？"冈田成子问道。

"嗯。她招供了，说是想让人以为凶手不是出于私人原因而作案。"

"还放了花束……"

"这个举动，还是因为她是个女人吧。她其实真正怨恨的是山中社长。"

"她原本就持有枪支？"

"听说她也打猎呢。她的兴趣爱好很偏向男性化。这一点，对于泽江那样的男生也许反倒正合适呢。"

"可能是有一天碰巧看到杉山老人带着枪到那家公司去大吵大闹，就萌生了把犯罪嫌疑转嫁到老人身上的想法。"

"她打电话给杉山老人说他的孙女在那家宾馆里，把他骗了出来，自己则在事先预定好的房间里等候。等杉山老人一到，就把他打晕了。"

"为什么会是我们住的宾馆呢？"

"应该是跟佳子小姐的手段一样，打几个电话就能找到了。毕竟我们也没有把自己的行踪当作秘密加以隐藏。"

"啊，是这样啊！找到我们之后，她自己也开了房间！可是，山中先生是怎么回事？"

"给山中社长和冈田成子两个人都留言，说让他们来那个宾馆呗。他们彼此认为是对方给自己的留言呢。她应该是把自己预订的房间号告诉了山中社长，而跟冈田成子小姐说的是让她到了之后自己开间房。"

"山中是自作自受！"晴美率直地说，"可是，对于安松昭子来说……"

"哎呀，人生总是可以重新来过的，哪怕晚了几十年。你说是吗，福尔摩斯？"

"喵——"

福尔摩斯叫了一声。

这时候，响起"咚咚咚"的敲门声。

"你们瞧，肯定是石津！我就知道他会来。"

片山起身走过去打开了门。

站在的眼的，是杉山老人！

"你这家伙！到底还是把我孙女儿给……"

"我说你，你不是说今天好好打了招呼后才出来的吗？"

"我确实好好说了，但是并没有获得允许呀！"

"开什么玩笑！"

片山从老人的腋下溜过去，夺路而逃。

"站住！喂！"

"爷爷！"佳子喊道，"你那支枪，我已经给你弄得用不了啦！"

"没关系！"老人边说边对片山穷追不舍，"可以用来揍他！"

片山慌慌张张逃到了大路上。

"这算什么事啊，混蛋！"

正跑着，听见有人喊：

"片山先生！您怎么了？"

是石津从对面走了过来，惊讶地看着他。

"是你呀，我一直等你呢！"

"你等我？"

"对！这不正是吃晚饭的时候嘛，看不到你这张脸，我感觉少了点儿什么呢！”

"是嘛！"石津喜笑颜开，"那好啊，咱们赶紧……"

"啊，你先去吧！我稍微有点儿事，办完就回来。"片山和蔼可亲地把石津往自己家的方向推了推，语重心长地叮咛道，"晚上走路不太安全，你可要多加小心哦！"

# 解　说

　　赤川次郎的《爱的花束》是大家熟知的名侦探三色猫福尔摩斯、片山兄妹和石津刑警领衔的欢喜幽默推理系列的第十五部，收录了四篇中篇小说。

　　由打破常规的名侦探三色猫福尔摩斯和片山兄妹以及石津刑警组成的迷之侦探组合横空出世，让推理小说迷们大吃一惊。发表于一九七八年四月的该系列首部长篇推理小说《推理》，算起来，已经距今十三年了。而这部作品由"河童小说"出版则已经是那之后第十年的事情了。

　　关于这部作品集，作者赤川次郎曾经说过这样一段话：

　　　　三色猫福尔摩斯已经诞生十年了。而且，它已经在十五本书里登场。

　　　　当然，在今后的岁月中，三色猫福尔摩斯还将与片山兄妹和石津刑警一起，不会变老地继续活跃下去吧。哦，不，"活跃"这个词对于福尔摩斯来说可能不合适。它总是以讽刺的眼光看着人类追名逐利，东跑西颠——这就是福尔摩斯的角色。作者本人也不得不在这种眼光的审视下继续写下去。

以前也曾经有过把猫咪设定为名侦探而大显身手的推理小说，那是由莉莉安·杰克逊·布劳恩创作的关于吉姆·奎拉朗和暹罗猫科科的系列故事，第一部发表于一九六六年。这个系列的主人公是一个叫吉姆·奎拉朗的新闻记者及其养的两只暹罗猫，公猫名叫科科，母猫名叫咽咽，扮演名侦探角色活跃于故事里的是科科，全名科·考昆。

虽说同样是以猫咪为名侦探的系列故事，赤川次郎笔下的三色猫福尔摩斯却显得更有趣。

这么说，是有理由的。正如作者本人所说，这是把名侦探三色猫福尔摩斯作为掌控大局、揭示谜底的存在，以此为中心，把迷之侦探三人组合难以言说的滑稽活跃的表演生动刻画出来的作品。

在赤川次郎的作品中，多的是"绝对不可能发生"却偏偏屡屡发生的故事。

比如讲述大财主家的美貌小姐与可能是杀人嫌疑犯、颓废寒酸、其貌不扬的中年私家侦探坠入爱河的《晴间杀人》与《侦探物语》，再比如十七岁女高中生突然被推举为黑帮头目的《水手服与机关枪》，这些作品都是把平常情况下不可能发生的事作为素材，在趣味性方面富有极大的魅力。

就拿"三色猫探案"系列来说，比人类头脑聪明、能把疑难案件随时顺利解决的猫咪是根本不可能存在的吧？还有那位最怕看见血、总是在凶案现场晕血倒地又患有女性恐惧症的警视厅搜查一科刑警片山义太郎，这号人物在现实社会的刑警队伍中也不会有吧？然而比起那些乱耍威风、欺负弱小、动辄大呼小叫的警察以及那些没有真凭实据却靠严刑逼供诬陷好人的刑警，片山义太郎这样的年轻刑警显然更让人感到可亲。

还有一起住在公寓里、像母亲照顾孩子一样照顾着哥哥、每当发生案件的时候总会帮助不靠谱的哥哥破案的妹妹晴美。还有那位非常喜欢晴美却总是对美食毫无抵抗力的馋嘴吃货石津刑警。由如此古怪的迷之侦探三人组合演绎的奇妙而快乐的故事，被靠着天才的推理直觉破案的可爱雌猫——名侦探福尔摩斯——巧妙地衬托出来。

也就是说，该系列的主人公不是名侦探三色猫福尔摩斯，而是这个迷之侦探三人组合——片山兄妹和石津刑警。

《爱的花束》的有趣之处，就在于上述迷之侦探三人组合之间的愉快互动。

　　小说集的同名篇目《爱的花束》（刊于《小说宝石》1987年11月号）讲的是供职于K婚庆中心的二十七岁女职员原文江在电梯口被枪击身亡的凶杀案。案发时，尸体上被放了一捧花束。

　　被害人同事冈田成子提供的线索证实了一些情况，那就是曾经有一封类似恐吓信的信件寄到了婚庆中心、该中心正在准备举办一场名为"爱的花束"的集体相亲等事件。

　　接到上级命令，片山刑警、妹妹晴美和石津刑警这个迷之侦探三人组合秘密地加入了集体相亲……

　　自从小说《忙碌的新娘》（1983年1月）发表以来，赤川次郎撰写过着眼于女性、取材于婚嫁问题的"新娘"系列作品。

　　近年来，嘴上叫喊着要自立、不结婚的单身女孩一年比一年多，结婚年龄也日趋升高。然而在女性的内心深处又深藏着有朝一日成为美丽新娘的"灰姑娘情结"。这么说并非言过其实吧？

　　想结婚却结不了。可以说，这些作品把这一现代社会问题的某个横断面呈现在了人们面前。


　　《名骑手》（刊于《小说宝石》1987年3月号）可以说是一部动物推理小说。

在推理小说中，利用动物设置圈套或者作为小道具的作品不在少数。举例来说，被誉为世界第一部推理小说、爱伦·坡的短篇小说《莫格街谋杀案》就利用猩猩设计了一场正常人类绝对无法进出状态下的密室杀人案。柯南·道尔的《斑点绳案》则由毒蛇担纲了重要角色。

"三色猫探案"系列因探案解谜者本身是一只猫，所以仅此一点就可以算得上是动物推理，然而作品中所呈现的不局限于此，因为马这种动物也承担了重要角色。

四十岁的公司职员村上升某天成了一具尸体而被发现，是被打死的。据其夫人陈述，村上最近有点儿神经质，他在死前几天说过晚间回家的路上遇到过马。

片山刑警马上着手开始了调查，然后……

小说序章中描述的与马的相遇稍显梦幻，颇为雅致，赛马推理之类的则非常正常。然而把马用于动物推理题材小说中实为罕见。因此物以稀为贵，这是一部有价值的作品。

《熬夜》（刊于《别册小说宝石》1987年初夏特别号）描述一名小偷潜入一栋房子想实施盗窃，却发现一具老年女性的尸体躺卧在血泊中。正当小偷吓呆了不知所措之际，被那家的人发现并当场逮住。故事从这里开始了。

当然，入室盗窃不仅要被问罪，还会被冠以杀人罪名……

讲的就是这么个故事。

　　偶然潜入某处，那里有具尸体，于是被栽赃成杀人犯……这样的故事设定是悬疑小说一贯采用的，但是这部作品随后的展开有着别具一格的新意。

　　《幽灵城主》(刊于《别册小说宝石》1987年爽秋特别号)讲述晴美应朋友水田真子的邀请，加入了他们剧团的表演，以此为契机，剧团的老板矢坂圣一招待她们到豪宅城堡，迷之侦探组合因此被卷入了杀人事件。

　　剧团到访豪宅、卷入杀人事件的故事设定最近在绫辻行人的《雾越邸事件》(1990年)中也采用过。像这种以一栋大宅为舞台讲述案件的故事类型早在二战前的侦探小说里就很常见了，从某种意义上说，是一种古典的设定。比如滨尾四郎的《杀人鬼》(1935年)、小栗虫太郎的《黑死馆杀人事件》(1935年)等就是例子。擅长描写现代社会的赤川次郎竟然也挑战这种古典的设定，挺有意思的。

　　综上所述，赤川次郎的种种魅力，或温柔或快乐地凝聚在他的这些作品里，收录于这部作品集——《爱的花束》。

权田万治(文艺评论家)